LA *CHRONIQUE DE TURPIN*

ET

LE PÈLERINAGE DE COMPOSTELLE

PAR

J. BÉDIER

(Extrait des *Annales du Midi*, tome XXIII, 1911.)

TOULOUSE

IMPRIMERIE ET LIBRAIRIE ÉDOUARD PRIVAT

Librairie de l'Université.

14, RUE DES ARTS (SQUARE DU MUSÉE)

—

1911

LA *CHRONIQUE DE TURPIN*

ET

LE PÈLERINAGE DE COMPOSTELLE

PAR

J. BÉDIER

(Extrait des *Annales du Midi*, tome XXIII, 1911.)

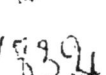

TOULOUSE

IMPRIMERIE ET LIBRAIRIE ÉDOUARD PRIVAT

Librairie de l'Université.

14, RUE DES ARTS (SQUARE DU MUSÉE)

1911

LA *CHRONIQUE DE TURPIN*

ET

LE PÈLERINAGE DE COMPOSTELLE

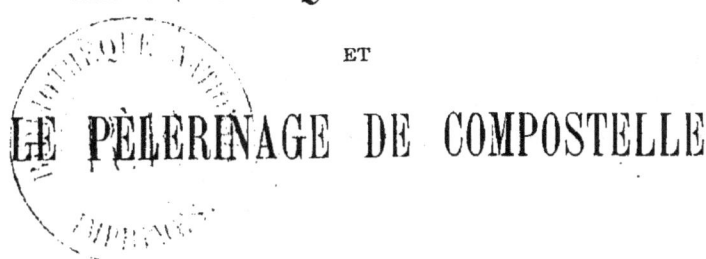

I.

POSITION DE LA QUESTION : DIFFICULTÉ DE DÉTERMINER
LA RAISON D'ÊTRE DE LA *CHRONIQUE DE TURPIN*.

Le poète de la *Chanson de Roland* prétend que l'archevêque Turpin, ayant bien combattu à Roncevaux, y a péri avec
les douze pairs. Il le représente mort dans l'herbe verte, ses
blanches mains de prélat, ses belles mains croisées sur sa
poitrine :

> Desur sun piz, entre les dous furceles,
> Cruisiedes ad ses blanches mains, les beles [1].

Mais le poète était mal informé. Sachez que le bon archevêque n'a point pris part à la bataille de Roncevaux. Tandis
qu'elle se livrait, il se trouvait dans le camp de Charlemagne,
à plusieurs lieues de là, et lui chantait la messe. Après le
désastre, il est rentré en France et s'est retiré à Vienne. Là,
quand il eut déposé son heaume et son épée, n'ayant plus
qu'à soigner ses vieilles blessures, il se sentit de loisir, et
même un peu désœuvré. Alors, fort à propos, il se rappela
qu'il était clerc et savait le latin. S'il écrivait ses mémoires ?

---

1. *Chanson de Roland*, v. 2249.

Justement, un sien ami, Léoprand, doyen d'Aix-la-Chapelle, venait de lui en souffler l'idée. Il prit donc ses tablettes et écrivit ceci :

« *Turpinus, Dei gratia archiepiscopus Remensis, ac sedulus Karoli Magni imperatoris in Hispania consocius, Leoprando, decano Aquisgranensi, salutem in Christo.*

« A Vienne où je me suis retiré, encore un peu souffrant de mes blessures, j'ai reçu naguère la lettre où vous me demandiez de vous raconter comment Charlemagne, notre très illustre empereur, a délivré de la domination sarrasine la terre d'Espagne et de Galice. De ses principaux exploits, de ses victoires triomphales sur les Sarrasins, des merveilles que j'ai vues de mes yeux durant ces quatorze années que j'ai passées à parcourir l'Espagne et la Galice avec lui et avec ses armées, je n'hésite donc pas à composer une relation sincère, et je l'adresse à Votre Fraternité. La renommée rapporte du roi maints hauts faits en Espagne, desquels, me dites-vous, vous avez vainement cherché le détail dans la Chronique royale de Saint-Denis. C'est que l'auteur de cette Chronique, soit crainte d'être trop long, soit ignorance et faute d'avoir été lui-même en Espagne, n'a pas tout rapporté. Mon récit complétera le sien, sans d'ailleurs le contredire jamais.

« *Vivas et valeas et Domino placeas. Amen.* »

Cette lettre sert de préface à la très illustre chronique intitulée *Turpini Historia Karoli Magni et Rotholandi*[1]. Les grandes guerres de ces quatorze années, les marches et les contre-marches de l'empereur à travers les Espagnes, les prouesses des douze pairs, les miracles de Dieu, Turpin les raconte avec une verve martiale, car il est homme de guerre, avec onction, car il est homme d'Église, avec gravité surtout, car il craint fort, semble-t-il, que la postérité ne le prenne pour un romancier, voire pour un imposteur, lui, l'historiographe de Charlemagne.

Hélas! on ne l'appelle plus aujourd'hui que « le pseudo-Turpin ». Léon Gautier l'accuse de « faux en écriture pu-

---

1. *Turpini Historia Karoli...*, texte revu et complété d'après sept manuscrits, par Ferdinand Castets, Montpellier et Paris, 1880.

blique[1] », lui donne des noms cruels : « misérable[2] »,
« voleur[3] ». Et de fait, quand on s'est amusé un instant du sérieux avec lequel l'auteur prétend être Turpin
lui-même, et de la puérilité de cette fiction, et de son extra-
vagance, on est tenté d'abord de croire qu'à peine sa Chronique mérite l'honneur d'être lue. Pourtant, on se rappelle
que tout le moyen âge a fait crédit à ce petit livre, que durant
des siècles il fut respecté entre tous, qu'il a grandement agi
sur la poésie et sur l'art; et l'on se rappelle aussi que de nos
jours il a su intriguer la critique, la désorienter parfois, la
passionner. Par là, par le mystère qui l'enveloppe et par tout
ce que ses récents interprètes ont employé de soins ingénieux à dissiper ce mystère, par son succès prodigieux et
j'ajoute par la beauté de plusieurs des légendes qu'il met en
œuvre, le livre du faux Turpin captive, il peut même émouvoir encore, et le lecteur l'éprouvera bientôt, pourvu qu'il
consente d'abord à lire avec attention le résumé que
voici.

Analyse de la Chronique.

Première expédition de Charlemagne en Espagne (chapitres i-v [4]). — Les deux premières phrases de la Chronique
rappellent que l'apôtre Jacques, après avoir prêché l'Évangile
en Galice, revint à Jérusalem où il subit le martyre, et que
ses disciples, ayant rapporté par mer son corps en Galice,
se remirent à évangéliser le pays. Mais, par la suite des siècles, les Galiciens retombèrent au paganisme, et le tombeau sacré fut oublié.

Or, Charlemagne, ayant usé sa vie à combattre les Sarrasins par toutes les régions de la terre, était las et ne songeait
plus qu'au repos, quand une nuit il vit un chemin d'étoiles

---

1. *Les épopées françaises*, t. I, p. 187.
2. *Ibid.*, p. 102.
3. *Ibid.*, p. 105.
4. Voici les titres des chapitres : I. *De eo quod apostolus Jacobus
Karolo apparuit.* — II. *De muris Pampiloniae per semetipsos lapsis.*
III. *De nominibus civitatum Hispaniae.* — IV. *De idolo Mahumet.* —
V. *De ecclesiis quas Karolus fecit.*

qui commençait à la mer de Frise et, traversant les pays, la Gascogne, la Navarre et l'Espagne, courait dans le ciel jus qu'en Galice. Plusieurs nuits, il revit la merveille sans la comprendre. Enfin, un seigneur très beau lui apparut, et Charles lui demanda : « Sire, qui es-tu ? — Je suis, dit-il, l'apôtre Jacques, le fidèle de Jésus-Christ, le fils de Zébédée et le frère de Jean l'Évangéliste, que Dieu par sa grâce choisit pour prêcher sa loi ; et voici que mon corps est en Galice, mais l'on ne sait où, et les Sarrasins oppriment ce pays. C'est pourquoi Dieu te mande que tu ailles leur reprendre la route qui mène à mon tombeau et la terre où je repose. La voie d'étoiles que tu as vue dans le ciel signifie que tu iras en Galice à la tête d'une grande armée et qu'après toi tous les peuples y viendront en pèlerinage jusqu'à la fin des temps. Va ; je serai ton auxiliaire, et en récompense de tes travaux, j'obtiendrai pour toi de Dieu la gloire céleste, et ton nom restera dans la mémoire des hommes tant que le siècle durera. » C'est pourquoi Charlemagne rassembla ses armées et entra en Espagne.

D'abord il attaqua Pampelune, et le siège dura trois mois Enfin, l'empereur ayant prié le Christ et l'apôtre Jacques, les murs s'écroulèrent. A la nouvelle du miracle, les Sarrasins se soumirent de toutes parts. Charles s'avança jusqu'au tombeau de l'apôtre, et plus loin encore, jusqu'à El Padron[1] : là, rendant grâces à Dieu et à saint Jacques, il enfonça dans la mer sa lance, en signe qu'il avait conquis tout le pays. Les Galiciens retournés au paganisme, Turpin les régénéra dans les eaux du baptême.

Puis l'empereur parcourut l'Espagne d'une mer à l'autre et la Chronique dresse la liste des cent villes et plus, qui, de gré ou de force, se soumirent à lui. Partout, il détruit les idoles (hormis une statue colossale de Mahomet à Cadix, qui, par la permission de Dieu, doit subsister jusqu'au jour lointain où un autre roi de France chassera d'Espagne les derniers Musulmans).

---

1. C'est le lieu (l'*Iria Flavia* des Romains) où la barque, portant le corps sacré, avait abordé.

De l'or qu'il a conquis sur les Sarrasins, Charles enrichit
l'église de Compostelle. Il y établit un évêque et des chanoines de la règle de saint Isidore, lui donne des cloches, des
livres et des ornements sacrés, y séjourne trois ans, rentre
enfin en France. Le reste de l'or sarrasin, il l'emploie à fonder
des églises sous le vocable de saint Jacques, à Béziers, à
Toulouse, à Sorde, à Paris.

Seconde expédition (chapitres vi-x [1]). — Mais un roi païen,
Agoland, venu d'Afrique, chasse des villes d'Espagne les
garnisons laissées par Charlemagne, ravage le pays. A ces
nouvelles, l'empereur franchit une seconde fois les monts, à
la tête de ses armées, que commande après lui Milon d'Anglers. Il combat Agoland sur les bords du *rio* Cea, où plus
tard il éleva une basilique en l'honneur des saints Fagon et
Primitif (Sahagun) et fonda une abbaye. Les Sarrasins
fuient jusqu'à Léon, tandis que l'armée chrétienne, qui a été
très éprouvée, rentre en Aquitaine.

Agoland y vient porter la guerre. Charlemagne l'assiège
dans Agen, puis dans Saintes. Agoland, vaincu, se réfugie à
Pampelune, d'où il provoque encore l'empereur.

Troisième expédition (chapitres xi-xxvii [2]). – Charlemagne
veut rassembler toutes les forces de son empire pour ré-

1. Titres des chapitres : VI. *De reditu Karoli in Galliam et de Aigo-
lando rege.* — VII. *De miraculo eleemosynae mortui.* — VIII. *De bello
sancti Facundi ubi hastae viruerunt.* — IX. *De urbe Agenni.* — X. *De
urbe Sanctonica ubi hastae viruerunt.*

2. Titres des chapitres : XI. *De fuga Aigolandi et de militibus exerci-
tuum Karoli.* — XII. *De datis trehis et de disputatione Karoli et
Aigolandi.* — XIII. *De ordinibus qui erant in convivio Karoli et de
pauperibus, unde Aigolandus scandalum sumpsit.* — XIV. *De bello
Pampiloniae et de morte Aigolandi regis.* — XV. *De christianis qui ad
illicita spolia redierunt.* — XVI. *De bello Furre contra Karolum.* —
XVII. *De bello Ferracuti gigantis et de optima disputatione Rotholandi.*
— XVIII. *De bello larvarum.* — XIX. *De concilio Karoli et de profec-
tione ejus ad sanctum Jacobum.* — XX. *De persona et fortitudine Karoli.*
— XXI. *De proditione Ganaloni et de bello Runcievallis et de passione
pugnatorum Karoli.* — XXII. *De passione Rotholandi et morte Mar-
sirii et fuga Beligandi.* — XXIII. *De sonitu tubae Rotholandi et de
confessione ac transitu ejus.* — XXIV. *De nobilitate, moribus et largi-
tate beati Rotholandi martyris.* — XXV. *De visione Turpini episcopi
et de lamentatione Karoli super Rotholandum.* — XXVI. *De hoc quod*

pondre à ce défi. La Chronique dénombre ses principaux guerriers : *Ego, Turpinus.., Rotholandus, comes Ceno-mannensis et Blavii dominus, nepos Karoli, filius ducis Milonis de Angleris..., Oliverius, comes Gebennensis, filius Rainerii comitis..., Estultus, comes Lingonensis, filius comitis Odonis..., Arastagnus, rex Britannorum...,* etc., et c'est un catalogue de plus de cinquante noms de héros, presque tous illustres dans les chansons de geste. Cent trente-quatre mille hommes s'assemblent dans les Landes de Bordeaux et traversent les Pyrénées par le Somport : Ago-land est enfin tué en bataille devant Pampelune. Mais il faut encore réduire ses lieutenants et ses alliés : le prince navar-rais Fouré est vaincu à Montjardin, le géant Ferragu à Na-gera, le roi Altumajor à Cordoue. Tous ces événements de guerre sont mêlés à des aventures édifiantes, disputes théologiques entre païens et chrétiens, miracles.

Cordoue prise, Charlemagne est de nouveau le maître de l'Espagne et pour la seconde fois, au chapitre xix, il va à Compostelle vénérer le tombeau de l'apôtre. Il convertit de nouveau, ou tue ou exile les Galiciens relaps, établit dans les villes des évêques et des prêtres, et réunit un concile à Com-postelle. Turpin, assisté de neuf évêques, fait la dédicace de la basilique et Charles confère au siège de saint Jacques d'immenses privilèges. Chaque maison d'Espagne lui payera un tribut annuel de quatre deniers ; les évêques y viendront recevoir leur crosse et les rois leur couronne. Compostelle sera la métropole de toute l'Espagne. Et cela est justice, car il y a au monde trois sièges apostoliques, éminents entre tous les sièges : Rome, parce que le prince des apôtres Pierre l'a arrosée de son sang ; Compostelle, parce que c'est la ville de Jacques, le premier des apôtres après Pierre ; Éphèse, parce que Jean y a prêché l'évangile *In principio erat Verbum* et qu'il y a reçu la sépulture.

Ayant délivré tout le pays pour la gloire du Seigneur et de

stetit sol spatio trium dierum et de quatuor millibus Sarracenorum interfectis. — XXVII. De corporibus mortuorum aromatibus et sale conditis.

son apôtre Jacques, Charlemagne reprend la route de France. Or, il y avait à Saragosse deux rois sarrasins, Marsile et Beligand son frère, qui lui avaient fait hommage, mais dont la soumission était feinte. Ils trament avec Ganelon la trahison. C'est le guet-apens de Roncevaux, la grande bataille où périssent Roland et ses compagnons : la chronique en fait une longue narration.

Après les expéditions d'Espagne (chapitres xxviii-xxxiii et appendice[1]). Charlemagne a rapporté en France les corps des martyrs de Roncevaux; il les distribue entre diverses nécropoles : à Belin, à Saint-Seurin de Bordeaux, à Saint-Romain de Blaye, aux Aliscamps d'Arles, et accorde à ces sanctuaires de grands privilèges. Puis, au chapitre xxx, tandis que Turpin se retire à Vienne, Charlemagne réunit un concile à l'abbaye de Saint-Denis. Reconnaissant à saint Denis presque autant qu'à saint Jacques, il attribue à son abbaye la même suprématie sur la France qu'à l'église de Compostelle sur l'Espagne.

Il se retire à Aix-la-Chapelle et fait peindre sur les murs de son palais d'une part les sept arts libéraux, d'autre part ses guerres d'Espagne. Il meurt au milieu des prodiges. Sa mort est miraculeusement révélée à Turpin, resté à Vienne : comme un plateau de la balance divine était lourd de ses péchés, « un Galicien sans tête » chargea l'autre des pierres de tant d'églises construites en son honneur par Charlemagne que la balance pencha de son côté; c'est ainsi

---

1. Titres des chapitres : XXVIII. *De duobus cimiteriis sacrosanctis : unum apud Arelatem, alterum apud Blavium.* — XXIX. *De sepultura Rotholandi et ceterorum qui apud Belinum sepulti sunt, et in diversis locis.* — XXX. *De concilio quod apud beatum Dionysium Karolus adunavit.* — XXXI. *De septem artibus quas Karolus depingi fecit in palatio suo.* — XXXII. *De morte Karoli.* — XXXIII. *De miraculo Rotholandi comitis quod apud urbem Gratianopolim Deus per eum facere dignatus est.* — Appendice A. *Calixtus Papa de inventione Turpini episcopi et martyris.* (Les chapitres qui suivent dans l'édition Castets, et qui sont intitulés par l'éditeur *Appendices B, C, D,* ont été empruntés par divers manuscrits à un autre ouvrage, comme on le verra plus loin, et ne font point, à vrai dire, partie de la Chronique.)

que l'apôtre Jacques valut à Charlemagne la gloire des cieux, qu'il lui avait promise.

Peu après Charlemagne, Turpin mourut aussi. C'est ce que raconte une sorte d'épilogue, où le pape Calixte II [1119-1124] est censé reprendre la plume de Turpin. Il raconte que Turpin reçut la sépulture à Vienne et que ses restes, de son temps à lui, Calixte, furent récemment transférés en une autre église de la même ville, où on ne cesse de les vénérer. Il décide que Turpin et les héros morts en Espagne doivent être honorés comme martyrs. Il fixe leur fête à tous au seizième jour avant les calendes de juillet, date anniversaire de la bataille de Roncevaux.

Le problème.

Rien qu'à lire ce scénario, si sommaire soit-il, on voit que la question essentielle est de préciser l'objet, la raison d'être de cet étrange roman, et combien le problème est obscur. Le faux Turpin, qui était-il? et qu'a-t-il voulu faire? S'intéresse-t-il plutôt à Charlemagne et aux chansons de geste, ou plutôt à saint Jacques et à l'église de Compostelle? Mais qu'ont à faire les chansons de geste avec l'église de Compostelle et qu'ont-elles à faire avec ces autres églises qui semblent aussi préoccuper le chroniqueur, avec Saint-Denis par exemple, ou Arles, ou Vienne? Veut-il servir ces églises? Mais pourquoi celles-là plutôt que d'autres, et quel profit pouvaient-elles attendre de fables empruntées aux jongleurs? Ou bien a-t-il seulement voulu amuser les clercs de son temps, et sa chronique n'est-elle qu'un jeu d'esprit? Mais alors, pourquoi tient-il tant à faire passer ses inventions romanesques pour de l'histoire vraie? L'idée de mêler des récits de chansons de geste à des traditions d'église, l'a-t-il tirée de sa seule imagination? Mais s'il en fut ainsi, comment ce caprice arbitraire et fantasque a-t-il pu trouver, dans ces églises et hors d'elles, l'adhésion et comme la complicité de tant d'esprits, de tant de cœurs? Or, on ne saurait essayer même de répondre à ces questions, si l'on n'a point déterminé d'abord vers quel temps la chronique fut composée. C'est là la tâche première, condition de toute recherche.

Une date est acquise depuis longtemps, au dessous de laquelle on ne saurait descendre. Le 29 décembre 1165, l'empereur Frédéric Barberousse Ier fit procéder à l'élévation du corps de Charlemagne et à sa canonisation ; sur son ordre, presque aussitôt après, pour accréditer et répandre le culte du nouveau saint, les clercs d'Aix-la-Chapelle composèrent et publièrent une *Vita Karoli Magni*[1] : ils y ont inséré sept chapitres de la chronique du faux Turpin[2]. Nous savons ainsi que cette chronique est antérieure à 1166.

Mais faut-il l'attribuer au xiie siècle? ou au xie? ou au xe?

II.

LA DATE DE LA CHRONIQUE. EST-ELLE L'ŒUVRE DE DEUX AUTEURS OU D'UN SEUL?

Première théorie de G. Paris.

Chacune de ces opinions avait ses défenseurs, quand, en 1865, G. Paris publia sa thèse latine, *De Pseudo-Turpino*[3]. C'est lui qui le premier, faisant table rase de plusieurs théories antérieures, aperçut les problèmes vrais, tels que nous venons de les poser d'après lui, et pour les résoudre, il proposa de l'ouvrage une interprétation séduisante, et qui fut d'abord accueillie de tous.

Ce qui le frappait surtout dans la Chronique, et à bon droit, c'est la singulière variété de ses sources d'inspiration et la diversité, non moins surprenante, des préoccupations qui s'y marquent. Elle semble d'origine française : qui donc, hors de France, aurait pu dresser (chap. xi) une liste de cinquante noms de héros de chansons de geste? Elle semble

---

1. Publiée par Gerhard Rauschen, en un livre intitulé *Die Legende Karls des Grossen im 11. und 12. Jahrhundert*, Leipzig, 1890. Voir surtout les pages 3, 17, 21-2, 93.

2. Éd. Rauschen, pp. 67-74.

3. Paris, 68 pages in-8°,

pourtant d'origine espagnole : qui donc, hors d'Espagne, aurait pu dresser (chap. III) une liste de cent villes de ce pays ? Et plus précisément elle semble d'origine compostellane, vu la place qu'y tient le sanctuaire de Compostelle. Pourtant, ne viendrait-elle pas de Vienne, vu la place qu'y tiennent les églises de Vienne ? ou de Saint-Denis, vu la place qu'y tient l'abbaye de Saint-Denis ? Pour expliquer ces singularités ou ces disparates, et d'autres du même ordre, G. Paris émit l'hypothèse, selon nous fâcheuse, que la Chronique n'était pas d'une seule venue.

1° Selon lui, les cinq premiers chapitres (sans la lettre-préface) avaient d'abord formé tout l'ouvrage. Si on les lit seuls, c'est le récit très simple d'une expédition unique de Charlemagne. Averti par une vision, il part pour délivrer le tombeau de l'apôtre ; sur la route, saint Jacques l'aide par des miracles ; Charles restaure l'église de Compostelle, rentre glorieusement en France, et le livre est terminé. L'auteur de ce récit, dit G. Paris, ne prétend jamais qu'il soit Turpin ; il n'emprunte rien aux chansons de geste. Par contre, il connaît bien la géographie de l'Espagne, les traditions de ses églises, surtout de Compostelle, voire des légendes arabes[1]. Il est donc un clerc espagnol, de l'église de Compostelle. Il est avant tout un homme pieux, qui a composé, à des fins édifiantes et pour le bien du pèlerinage, un petit livret de propagande. Sur la foi de divers indices, G. Paris estime qu'il a dû écrire dans la première moitié du XI° siècle, en 1050 au plus tard.

2° Quelque soixante ou quatre-vingts ans après, un autre clerc intervint, français celui-là. Au commencement du XII° siècle, Vienne avait pour archevêque un personnage de très haute naissance, Gui de Bourgogne (le futur pape Calixte II), que de grands intérêts de famille — il était l'oncle et le tuteur du jeune roi Alphonse VII — appelèrent à Compostelle[2]. Il

---

1. Au chapitre IV.

2. Gui de Bourgogne, fils de Guillaume, comte de Bourgogne, né vers 1060, archevêque de Vienne en 1088, élu pape le 2 février 1119, mort en décembre 1124.

fit le voyage en l'an 1108. G. Paris suppose qu'un clerc de sa suite, un moine de Saint-André de Vienne, venu ainsi à Compostelle, y aura trouvé le petit livre espagnol. Il le rapporta en France et se proposa de le compléter. C'était pour plaire à son archevêque, qui aimait Compostelle. Il écrivit la lettre-préface et les autres récits de guerre : le faux Turpin, c'est lui. Il connaissait bien les chansons de geste, et son imagination était riche : l'opuscule du clerc espagnol devint ainsi entre ses mains une sorte de chanson de geste à l'usage des clercs de France, et qui servait aussi la renommée de l'église de Vienne. Il s'intéressait d'ailleurs à Charlemagne, à Roland et à ses pairs bien plus qu'à l'apôtre Jacques. L'apôtre Jacques ne paraît pas dans les chapitres qui sont de sa main. Il y a bien dans cette partie le chapitre xix où Charlemagne est censé conférer à l'église de l'apôtre d'immenses privilèges : ce chapitre a dû être donné tout fait par le clergé de Compostelle à notre auteur, qui l'a inséré, et comme plaqué, dans son ouvrage, tel qu'on le lui avait fourni. Il dut écrire entre 1108 et 1119.

3° D'autres mains introduisirent enfin dans l'ouvrage ainsi constitué des interpolations de petite importance : un clerc de Saint-Denis, par exemple, certaines mentions de son abbaye [1].

Deuxième théorie de G. Paris.

Ce système, G. Paris fut amené, en 1882, à le modifier profondément. Il lui fallut le concilier avec des faits et des éléments de datation nouveaux découverts par l'arabisant R. Dozy [2].

Dozy prouva en effet, en 1881, qu'il y a dans les cinq premiers chapitres de la chronique tout comme dans les autres des indices d'une origine française. L'auteur des cinq premiers chapitres connaît bien la France, les noms de ses rois, ses églises dédiées à saint Jacques ; il l'aime et l'admire.

---

1. Dans la lettre-préface et au chapitre xxx.
2. *Recherches sur l'histoire et la littérature de l'Espagne pendant le moyen âge*, par R. Dozy, 3ᵉ édition, t. II (1881), p. 374-431.

Par contre, « il raconte gravement les absurdités les plus palpables et les plus injurieuses pour la nation espagnole. A l'en croire, cinq Mérovingiens ou Carolingiens qu'il se plaît à énumérer, mais dont les noms devaient être peu familiers aux Galiciens, ont successivement conquis l'Espagne en partie, et les Galiciens, ayant embrassé le màhométisme après l'invasion arabe, Charlemagne a fait rebaptiser par l'archevêque Turpin ceux d'entre eux qui voulaient y consentir; quant aux autres, il les a fait décapiter ou il les a réduits en esclavage[1] ». Sont-ce là, demande Dozy, les inventions d'un Espagnol? En ces cinq chapitres, c'est la nation française qui est seule célébrée, *gens gallica, optima scilicet, ac bene induta et facie elegans*[2]; elle seule produit des héros; c'est à elle qu'est réservée la promesse d'un roi qui viendra un jour chasser les derniers Sarrasins et subjuguer la Péninsule[3]. « Croit-on, répète Dozy, qu'un Espagnol ait pu écrire de la sorte, en quelque temps que ce soit? »

Il prouva en outre que les dates proposées par G. Paris étaient trop reculées. Pour ne rapporter ici que deux ou trois de ces preuves, il est impossible que les cinq premiers chapitres aient été écrits avant 1050, puisqu'il y est question de la ville de Bougie, fondée seulement en 1065 ou 1068, et des *Moabitae*, lesquels, dans la langue des chroniqueurs et selon leur usage constant, sont les Almoravides : les Almoravides n'apparaissent pas dans l'histoire de l'Espagne avant 1090. Il est de même impossible que le reste de l'ouvrage ait été composé entre 1108 et 1119, puisqu'au chapitre xi paraît un certain *Texephinus, rex Arabum*, lequel doit son nom à Texufin, vice-roi d'Espagne à partir de 1126.

Ainsi l'archevêque de Vienne Gui de Bourgogne n'est pour rien dans un ouvrage écrit après sa mort. Les cinq premiers chapitres ont été composés par un Français, tout comme les autres, et dans la première moitié du xii⁰ siècle, tout comme

---

1. Dozy, pp. 379 et suiv.
2. Chapitre ii.
3. Chapitre iv.

les autres. Le clerc galicien de l'an 1050 et le clerc viennois
de l'an 1108 disparaissent tous deux.

G. Paris en convint avec Dozy, en un article du tome XI
de la *Romania*[1]. Des thèses de son *De Pseudo-Turpino*,
une seule restait debout, mais c'était la thèse essentielle : la
distinction des deux auteurs. G. Paris la maintint : « On
peut dire maintenant, écrit-il, que c'est un fait acquis à la
science[2]. » Seulement, force lui était de changer les dates où
ces deux auteurs auraient vécu et les circonstances de leur
biographie. Il lui fallait d'abord trouver un suppléant au
clerc galicien de 1050; il rappela donc « qu'il y eut beaucoup
de clercs français en Espagne et notamment dans l'église de
Santiago à partir du règne d'Alfonse VI (1072)[3] », et remplaça son clerc galicien primitif par un clerc français, attaché à Santiago, et qui dut écrire les cinq premiers chapitres, non plus vers 1050, mais « dans les dernières années
du XIe siècle ou les premières années du suivant[4] ». Il lui
fallait ensuite, pour les autres chapitres, trouver un suppléant au moine de Vienne contemporain de Gui de Bourgogne; il le remplaça donc par un autre moine de Vienne,
postérieur à Gui de Bourgogne, et qui dut écrire « vers
l'an 1140[5] ». Grâce à cette combinaison, G. Paris put conser-
ver le principal de son interprétation primitive, l'idée que la
Chronique fut d'abord un court livret de propagande, composé à Compostelle par un clerc dévot à saint Jacques et
indifférent aux chansons de geste; qu'elle fut ensuite am-
plifiée en France par un autre clerc, celui-ci indiffférent à
saint Jacques et amateur de chansons de geste.

Discussion de ces deux théories.

Mais, comme on le voit, la distinction de ces deux auteurs
n'est plus désormais qu'une hypothèse privée du secours des
autres hypothèses auxquelles elle était d'abord liée. Si le

1. T. XI (1882), p. 419-26.
2. *Art. cité*, p. 421.
3. *Ibid*, p. 422.
4. P. 423.
5. P. 424.

lecteur a dù être un instant surpris que nous exposions une
théorie abandonnée par son auteur, il en voit maintenant la
raison : c'est que la théorie nouvelle n'est qu'une refaçon, et
comme une survivance, de la première, et cette remarque
nous sert déjà à l'affaiblir.

Or, il nous importe de l'affaiblir, car elle domine encore
chez de nombreux critiques et les autorise à traiter la Chronique de Turpin comme une œuvre des plus médiocres et des
plus insignifiantes. A un premier auteur appartiendrait tout
ce qui concerne saint Jacques et son sanctuaire; à un second,
tout ce qui concerne les chansons de geste. Réclame pieuse
d'abord, puis pure fantaisie littéraire. Si cette interprétation
est vraie, le principal auteur de la Chronique n'est, comme
le dit Léon Gautier, qu' « un rhéteur de couvent copiant sans
intelligence et sans vie nos premières épopées nationales [1] ».
« Il a simplement voulu fournir une lecture attrayante aux
clercs de son temps qui nourrissaient quelque défiance à
l'égard des romans... Il est un homme d'esprit qui eut simplement l'idée de traduire les jongleurs en latin avec de certaines apparences hagiographiques [2]. » Par une telle théorie,
son œuvre est expliquée sans doute, et perd tout son mystère; mais elle perd aussi ce qui en fait, selon nous, la vraie
signification historique.

Cette distinction des deux auteurs est-elle fondée ? Maintenant que G. Paris a lui-même changé les dates de leurs
biographies hypothétiques, et changé lui-même la nationa-
lité du premier, maintenant qu'il n'a plus guère de raison de
chercher le second à Vienne plutôt que dans l'une quelconque
des autres églises mentionnées par la Chronique, maintenant
que les deux auteurs supposés sont Français l'un et l'autre
et presque contemporains l'un de l'autre, ils tendent à se
confondre. Si Gaston Paris, approuvé par Dozy, maintient
pourtant qu'ils sont deux, quels sont donc ses arguments?

1° « Nulle part, dit-il [3], l'auteur des cinq premiers chapitres

1. *Les épopées françaises*, t. I, p. 119.
2. *Ibid.*, p. 116-7.
3. Cet exposé est pris à Dozy (*ouvr. cité*, p. 373), qui traduit ou ré-

ne se donne pour Turpin, qu'il ne nomme qu'une fois et en passant.

2° « Chez lui, point de noms propres de Sarrasins et de Français, comme il y en a tant dans les autres chapitres. Il n'emprunte rien à la poésie épique française, il ne décrit pas de combats, ne rapporte pas de discours, comme l'autre le fait.

3° « L'auteur des cinq premiers chapitres est un homme pieux, qui écrivait dans le double dessein de donner quelques renseignements sur l'Espagne et de glorifier saint Jacques, d'exhorter les fidèles à visiter son tombeau, au lieu que l'autre, si l'on excepte un seul chapitre (le XIX° [1]), oublie son tombeau, son église, ses miracles, et cherche à amuser ses lecteurs par le récit de batailles et de combats singuliers, ou à les édifier par des dissertations théologiques et de pieuses historiettes. »

Pour fonder la thèse de G. Paris, il suffirait, nous l'avouons, qu'un seul de ces trois arguments fût valable. Mais en est-il ainsi ?

1° Il est bien vrai que, si l'on écarte, arbitrairement d'ailleurs, la lettre-préface de Turpin à Léoprand, on lit au début de la chronique bien des pages avant de soupçonner que c'est Turpin qui est censé raconter. Mais le fait n'est point particulier aux cinq premiers chapitres : Turpin, fort discret, se met rarement en scène. Pour trouver un *ego, Turpinus*, il faut lire jusqu'au chapitre XI [2]; quelques lignes après, en ce même chapitre XI, on en trouve un second ; mais pour en trouver un troisième, il faut lire jusqu'au chapitre XIX, vingt pages plus loin [3]. Il est bien vrai d'autre part que la seule phrase des cinq premiers chapitres où il soit parlé de Turpin l'introduit à la troisième personne : « *Galecianos Karolus per*

_____

sume ici, excellemment, le *De Pseudo-Turpino* de G. Paris, p. 14-15 et p. 25-6.

1. Le XIX° dans l'édition Castets; G. Paris en son *De Pseudo-Turpino* et Dozy le désignent comme le XX°, parce qu'ils se servent d'éditions plus anciennes.

2. Éd. Castets, p. 16 et p. 17.

3. *Ibid.*, p. 37.

2

manus Turpini archiepiscopi regeneravit ». Mais le fait
perd de sa gravité, si l'on remarque qu'il se reproduit tout
pareil au chapitre XXI : « *Dum Karolus portus cum Gana-
lono et Turpino transiret*[1]... » Ici, en ce chapitre XXI, c'est
Turpin lui-même, de l'aveu de tous, qui est censé tenir la
plume. Il parle de lui à la troisième personne ; c'est le procédé de César en ses Commentaires. — « Mais, dit G. Paris,
Turpin n'est nommé (ou ne se nomme) qu'une fois dans les
cinq premiers chapitres. » — Soit, mais dans les vingt-huit
autres il ne se nomme que cinq fois : la proportion est la
même. G. Paris ne saurait alléguer davantage que les cinq
premiers chapitres ne le nomment qu'« en passant, *trans-
eundo*[2] », car les autres le nomment de même « en passant » : nous le voyons employé au chapitre II à baptiser
les Galiciens, comme ailleurs (chap XI[3]) à remettre les péchés des fidèles, ou à présider un concile (chap. XIX[4]), ou
à chanter la messe (chap. XXV et XXXII[5]), ou à donner l'ab-
soute aux morts (chap. XXIX[6]). Son rôle est le même ici et
là. En résumé, d'un bout à l'autre de la Chronique, c'est
Turpin qui raconte, mais en narrateur modeste : il ne parle
que rarement de lui-même, quatre fois à la première personne, deux fois à la troisième, et toujours pour redire comment il a rempli aux côtés de Charlemagne son ministère
de prélat[7].

2° Quant au second argument, à savoir que l'auteur des
cinq premiers chapitres « n'emprunte rien à la poésie épique française », qu'est-ce donc que l'idée de mener Charlemagne en croisade, escorté de Turpin et à la tête d'une

1. *Ibid.*, p. 42.
2. G. Paris, *De Pseudo-Turpino*, p. 14.
3. Éd. Castets, p. 16.
4. *Ibid.*, p. 37.
5. *Ibid.*, p. 50 et p. 60.
6. *Ibid.*, p. 55.
7. Il définit ainsi son rôle, au chapitre XIX (p. 17) : « Dignis monitis
Christi fidelem populum ad bellandum fortem et animatum et a peccatis
absolutum reddebam, et Sarracenos propriis armis saepe expugnabam. »
Mais, discrètement, il a évité le récit de ses propres exploits.

armée immense, qu'est-ce, sinon un emprunt à la poésie
épique française? Ces cinq chapitres, il est vrai, n'abon-
dent pas en noms propres, puisque de tous les compagnons
de Charlemagne en sa première expédition, un seul, Turpin,
est nommé. Mais cette remarque convient aussi à d'autres
parties de l'ouvrage, que l'on pourrait donc au même titre
attribuer à des auteurs différents. Soient, par exemple, les
chapitres vi, vii, viii. De grands événements de guerre s'y
déroulent, sur la route de Sahagun à Léon; deux noms
suffisent au narrateur[1] : Agoland du côté des païens, Milon
d'Anglers du côté des chrétiens[2]. Entre les récits des cinq
premiers chapitres et les autres, il n'y a nulle disparate;
mais, au contraire, similitude de manière, de coloris, de
style.

3º Enfin, G. Paris allègue que l'apôtre Jacques est le
protagoniste des cinq premiers chapitres, tandis qu'« il
semble oublié dans le reste de l'ouvrage, si l'on excepte un
seul chapitre, le xixᵉ ». Mais le dénombrement est imparfait.
L'apôtre reparaît au chapitre xx, où il est dit que Charlemagne tenait en Espagne quatre cours annuelles, aux quatre
jours les plus solennels, savoir à la Noël, à Pâques, à la
Pentecôte et *die sancti Jacobi*[3]. L'apôtre reparaît au chapitre xxi, où il est rappelé que l'Espagne fut conquise pour
sa gloire, *ad Domini et apostoli ejus sancti Jacobi decus*[4].
Il reparaît au chapitre xxxii, pour disputer aux démons
l'âme de Charlemagne[5].

Supposé même qu'il ne reparût qu'au seul chapitre xix, ne
serait-ce pas assez? C'est le chapitre où Charlemagne, venu
pour la seconde fois à la basilique de l'apôtre, la comble
d'honneurs, lui confère la dignité de métropole, lui soumet

---

1. On peut y ajouter, si l'on y tient, le *Romaricus miles* qui est au
chap. vii le héros posthume d'une aventure miraculeuse.
2. Au chapitre ix, Turpin donne une liste de dix rois alliés d'Agoland
Mais la guerre se poursuit aux chapitres ix et x, sans qu'il éprouve le
besoin d'introduire aucun nouveau nom de chrétien.
3. Éd. Castets, pp. 39-40.
4. *Ibid.*, p. 41.
5. *Ibid.*, p. 60.

toutes les églises de l'Espagne. Ce récit reflète les ambitions réelles de cette église au XIIe siècle, car elle prétendait alors au droit de convoquer des conciles nationaux et rêvait d'enlever à Tolède la primatie [1]. Comment expliquer qu'un tel chapitre, celui où saint Jacques est le plus magnifié, se trouve précisément en cette partie de l'ouvrage où saint Jacques, dit-on, est « presque oublié » ? G. Paris pouvait, à la rigueur, l'expliquer en sa première hypothèse, quand il supposait que l'auteur, venu à Compostelle en 1108, aurait reçu ce chapitre tout fait du clergé de Compostelle. Mais maintenant qu'il n'est plus question de ce voyage de l'an 1108, ni d'un voyage quelconque de l'auteur en Galice, maintenant que cet auteur est par définition un clerc indifférent à saint Jacques, curieux seulement de chansons de geste, comment expliquer qu'il ait écrit ce chapitre ?

Pour montrer qu'il n'est pas de la même main que les cinq premiers, G. Paris allègue cette raison : il y aurait contradiction entre « l'humilité » avec laquelle il est parlé de Santiago au chapitre v et les prétentions exorbitantes qui se font jour au chapitre XIX [2]. Au chapitre v, en effet, venant pour la première fois à Santiago, Charlemagne se contente d'y établir un évêque, des chanoines de la règle de saint Isidore et de donner à l'église des cloches, des livres, des ornements pour le culte. Au chapitre XIX, ce qu'il lui donne, c'est l'Espagne entière. Mais, à mon sens, la différence s'explique, si le tout est d'un seul auteur. Un romancier qui imagine deux séjours de Charlemagne à Compostelle, n'est-il pas naturel et presque nécessaire qu'il les raconte différemment, en sorte qu'ils ne fassent pas double emploi ? Lors de son premier séjour, Charlemagne va au plus pressé : il crée l'évêché en pays presque païen et

---

1. C'est ce que dit fort bien G. Paris : « Le chapitre XIX a pour but d'exposer les titres de Compostelle non à l'archiépiscopat, mais à la primatie d'Espagne, que Diego Gelmirez [son premier archevêque] revendiqua avec ardeur de 1120 à 1124, mais à laquelle il ne renonça jamais et que ses successeurs eux-mêmes essayèrent de s'arroger. » (*Romania*, t. XI, p. 424.)

2. *De Pseudo-Turpino*, p. 20 et p. 29; *Romania*, t. XI, p. 423.

le pourvoit du nécessaire. Une dizaine d'années plus tard,
quand de nouvelles victoires ont consolidé ses conquêtes et
surtout quand il a fondé d'autres évêchés, il marque sa
reconnaissance à l'apôtre d'une façon plus éclatante encore :
il lui soumet toute l'église d'Espagne. Il n'y a pas là contradiction, ni même contraste, mais gradation.

La vérité est que, d'un bout à l'autre de l'ouvrage, saint
Jacques reste présent. C'est lui qui a mis en branle les
armées de Charlemagne, par cette parole : « Va, et je serai
ton auxiliaire, et en récompense de tes travaux, j'obtiendrai
pour toi du Seigneur la couronne céleste. » Ce qui est an-
noncé ainsi, dès la première page du livre, c'en est le dé-
noûment : la mort de Charlemagne et son entrée au royaume
de Dieu grâce à l'intercession de l'apôtre. L'empereur
attend, le lecteur attend que cette promesse soit accomplie,
et puisqu'elle ne l'est pas encore au chapitre v, c'est donc
que le livre ne se termine pas là, n'a jamais dû se terminer
là. Mais, quand Charlemagne a ajouté à ses premiers travaux pour l'apôtre d'autres travaux encore et qu'il a subi à
cause de lui la grande douleur de Roncevaux, alors il meurt,
et l'on voit au chapitre xxxii le « Galicien sans tête » arra-
cher aux démons l'âme de son fidèle pèlerin, et « par son
secours elle est élevée au royaume céleste ». Alors seulement, en ce chapitre xxxii, la promesse du chapitre i est
accomplie ; alors seulement l'ouvrage est terminé. Du commencement à la fin, Charlemagne champion de saint Jacques,
saint Jacques patron de Charlemagne sont restés insépara-
bles.

C'est donc vainement que l'on cherche dans les cinq
premiers chapitres des caractères qui ne se retrouveraient
point dans les autres et qui permettraient de démembrer la
Chronique. Il n'en est point un seul, si particulier, si bizarre
soit-il, qui ne reparaisse dans tel des vingt-huit autres
chapitres, aussi particulier, aussi bizarre. En voici deux
exemples encore.

Au chapitre iii, on lit[1] que huit rois de France ont porté

_____
1. Éd. Castets, p. 7.

la guerre en Espagne, parmi lesquels (chose étrange!) plusieurs successeurs de Charlemagne, à commencer par Charles le Chauve. Comment, demande G. Paris[1], Charles le
Chauve peut-il être nommé, si c'est Turpin qui parle? En ce
même chapitre on lit encore que certaines villes, maudites
jadis par Charlemagne, « *sine habitatore permanent usque
in hodiernum diem* ». N'est-ce pas la preuve, demande
G. Paris[2], « que l'auteur de ces cinq premiers chapitres ne
se donnait pas pour contemporain de Charlemagne » ? —
Mais voici que, dans l'autre partie, au chapitre xi[3], on lit, à
propos d'Ogier le Danois : « *De hoc canitur in cantilena
usque in hodiernum diem.* » N'est-ce pas la preuve, pourrions-nous demander à notre tour, que l'auteur de ce chapitre ne se donnait pas pour contemporain de Charlemagne?
Et pourtant, il vient lui-même de dire, quelques lignes plus
haut, qu'il est Turpin : *ego Turpinus*[4].

Ou bien encore, soit ce catalogue des cent villes d'Espagne qui se lit au chapitre iii. Comment l'auteur, demande
G. Paris, a-t-il si bien pu savoir la géographie de l'Espagne,
s'il n'était pas un clerc attaché à une église de ce pays ? —
Mais, dans l'autre partie, celle que G. Paris attribue et que
chacun attribue à un Français, voici, au chapitre ix[5], une
liste de rois sarrasins, où figurent Texephin, roi des Arabes,
Ali, roi du Maroc, Ébrahim, roi de Séville, c'est-à-dire trois
princes musulmans qui ont réellement dominé en Espagne
dans la première moitié du xiiᵉ siècle[6]. Comment l'auteur,
pourrions-nous demander à notre tour, a-t-il si bien pu con-
naître l'histoire de l'Espagne, s'il n'était pas un clerc attaché
à une église de ce pays?

1. *Romania*, t. XI, p. 423, n. 2.
2. *Ibidem.*
3. Éd. Castets, p. 18.
4. P. 17. Il est d'ailleurs invraisemblable qu'il ait oublié par trois fois
qu'il était Turpin. Nous tâcherons plus loin d'expliquer ce petit mystère·
5. Éd. Castets, p. 13.
6. Ces identifications, certaines, ont été faites par Dozy, p. 409 et suiv.

III.

LA CHRONIQUE A ÉTÉ COMPOSÉE PAR UN SEUL ÉCRIVAIN, UN
FRANÇAIS, VERS LE MILIEU DU XIIe SIÈCLE. QU'IL FAUT SE
RÉFÉRER, POUR COMPRENDRE L'INTENTION DE CET AUTEUR,
A L'HISTOIRE DU PÈLERINAGE DE COMPOSTELLE ET A D'AUTRES
ÉCRITS, SOLIDAIRES DE LA CHRONIQUE.

Ainsi, de quelque côté que l'on se tourne, l'hypothèse des
deux auteurs déçoit. Les faits la contredisent. La Chronique
dite de Turpin a été composée par un seul écrivain, un
Français, qui écrivait entre les années 1126 et 1165.

Néanmoins, G. Paris a très heureusement orienté la critique, puisqu'il a mis en un si fort relief la complexité de la
chronique et dégagé les vraies données du problème, qui
est d'expliquer comment cet auteur a pu s'intéresser à la
fois aux choses de France et aux choses d'Espagne, à la fois
aux chansons de geste et aux traditions ecclésiastiques, à
des églises aussi distantes et aussi diverses que Santiago et
Saint-Romain de Blaye, que Saint-Denis et Vienne, à des
personnages si étrangers l'un à l'autre que Jacques le Majeur
et l'empereur Charlemagne.

C'est ce mélange de préoccupations disparates qu'il faut
expliquer, et puisqu'elles semblent contradictoires, la tenta-
tive de G. Paris était légitime en son principe d'essayer de
les dissocier, en attribuant celles-ci à tel auteur, celles-là à
tel autre. Mais nous le savons désormais, le mélange est
inextricable : un seul auteur en est responsable.

Qu'il ait eu des préoccupations et des sources d'informa-
tion si diverses, la chose nous reste mystérieuse, ou plutôt
inintelligible, parce que nous l'avons considéré jusqu'ici
comme un isolé, qui écrit par fantaisie littéraire, au fond
de sa cellule en quelque couvent. Mais essayons une autre
hypothèse. Essayons de mettre ce clerc en communica-
tion avec le monde extérieur, de chercher dans la vie de son
temps, dans la France du XIIe siècle, des raisons propres à

expliquer qu'il ait pu s'intéresser à la fois à toutes ces églises
et aux chansons de geste.

Bien des érudits depuis J.-V. Le Clerc, et G. Paris l'un des
premiers, en son *De Pseudo-Turpino* déjà; autour de lui,
après lui, le P. Fita, Dozy, M. Ulysse Robert, M. G. Baist,
M. Ph.-Aug. Becker, l'ont entrevu ou vu[1] : que, pour inter-
préter la Chronique de Turpin, il ne faut pas la lire seule. En
plusieurs manuscrits, elle est précédée ou suivie d'un ou de
deux, trois ou quatre autres opuscules. En presque tous les
manuscrits, elle est suivie tout au moins de quelques frag-
ments de ces autres opuscules. Ces textes qui l'encadrent
pourront peut-être l'expliquer. A leur lumière, il apparaîtra
peut-être que, loin d'être issue du caprice d'un isolé, jamais
œuvre ne fut plus préparée, plus « conditionnée ».

Or, la nature vraie du rapport qui lie ces divers textes,
G. Paris l'a indiquée déjà, et précisément en cet article de la
Romania que nous venons de discuter, mais surtout en un
post-scriptum qu'il y ajouta en dernière heure, après lecture
d'un livre du P. Fita. Ainsi, comme il sera mieux expliqué
plus loin, voulant fonder sur l'examen de ces divers livres
une interprétation nouvelle de la Chronique de Turpin, c'est
à G. Paris encore, à ces quelques lignes de son *post-scriptum*, que nous en devons le principe ou l'idée. Il est vraiment beau, cet article du tome XI de la *Romania*, où G. Paris,
en présence des critiques de Dozy, renie allègrement la plupart des idées du *De Pseudo-Turpino*, son premier livre,
construit une seconde théorie, mieux adaptée aux faits, puis,
à quelques jours de là, en son *post-scriptum*, saisi d'autres
faits encore, modifie cette seconde théorie, en pressent, en
esquisse une troisième, selon nous plus vraie. Rien ne
montre mieux, de façon plus simple et plus émouvante, de
quels efforts, de quels renoncements et de quels renouvelle-
ments est faite la vie d'un grand découvreur de faits et
d'idées, et de combien de lentes approximations se compose
cette chose toujours provisoire et toujours revisible que nous
appelons la vérité historique.

1. En des travaux qui seront indiqués ci-après.

La Chronique de Turpin est solidaire d'autres ouvrages, qui sont comme elle des instruments de propagande du culte de saint Jacques de Galice. Pour mieux comprendre à la fois ces livres et la Chronique de Turpin, rappelons d'abord ce qu'était ce culte.

Abrégé de l'histoire du pèlerinage jusqu'au XII⁰ siècle.

Comme M⁶ʳ Duchesne l'a montré en un article mémorable [1], les origines n'en sont pas très anciennes. « De tout ce que l'on raconte sur la prédication de saint Jacques en Espagne, la translation de ses restes et la découverte de son tombeau, un seul fait subsiste, celui du culte galicien. Il remonte jusqu'au premier tiers du ix⁰ siècle et s'adresse à un tombeau des temps romains, que l'on crut alors être celui de saint Jacques. Pourquoi le crut-on ? Nous n'en savons rien [2]... De tous les documents incontestés du culte de saint Jacques en Galice, le plus ancien est un texte du martyrologe d'Adon, rédigé vers·l'an 860 [3]. »

Ce fut d'abord un culte local, propre au royaume asturien. Il ne commença guère qu'au x⁰ siècle à attirer des pèlerins de France. Le plus ancien que l'on connaisse est un évêque du Puy en Velay, Gotescalc, qui fit le voyage en 951 [4]. D'autres assurément l'avaient précédé ; d'autres le suivirent au x⁰ siècle [5] ; mais le pèlerinage dut rester longtemps chose précaire. La route était peu sûre, les musulmans occupaient le pays sur plusieurs points de son parcours. Par deux·fois,

---

1. *Saint Jacques en Galice* (*Annales du Midi*, t. XII, 1900, p. 145.)
2. *Art. cité*, p. 179.
3. *Art. cité*, p. 160. Voici ce texte : « VIII. *Kal. aug. Natale Jacobi apostoli, fratris Johannis evangelistae, qui decollatus est ab Herode rege Hierosolymis, ut Liber actuum apostolorum docet. Hujus beatissimi apostoli sacra ossa ad Hispanias translata et in ultimis eorum finibus, videlicet contra mare Britannicum, condita, celeberrima illarum gentium veneratione excoluntur. »*
4. *Gallia christiana*, t. II, col. 694 ; *instrumenta*, col. 222.
5. Par exemple, Raymond II, comte de Rouergue, qui fut tué sur le chemin de Compostelle en 961 (*Liber miraculorum sanctae Fidis*, éd. A. Bouillet, 1897, p. 41, note).

en 988 et en 994, Almanzor prit Compostelle et rasa l'église de l'apôtre. Des pèlerins passaient.les ports, pourtant[1].

Les témoignages se font plus nombreux au cours du xie siècle. Ce fut l'époque héroïque du pèlerinage. C'est alors que la route romaine commence à se peupler d'asiles pour les voyageurs; c'est alors qu'exercent leur activité les saints que l'Église vénère parce qu'ils furent de bons ingénieurs, réparant les chaussées, desséchant les marécages, jetant des ponts sur les rivières et les torrents, saint Dominique de la Calzada[2], et ce Français, saint Aleaume de Burgos, ancien moine de La Chaise-Dieu[3].

Au début du xiie siècle, le pèlerinage commence à battre son plein. On lit[4] que, vers l'an 1108, des ambassadeurs arabes, envoyés à la reine Urraque et à son fils Alphonse-Raymond, rencontrèrent aux approches de la Galice des pèlerins en tel nombre que la route en était encombrée : *vix patebat liber callis*. A cette époque, le petit et obscur évêché d'Iria, devenu évêché de Compostelle, reçoit coup sur coup de prodigieux accroissements de fortune et de puissance. Dès 1095, Urbain II l'avait affranchi de la dépendance du siège de Braga[5]. En 1120, Calixte II l'élève à la dignité de métropole aux lieu et place de l'église de Merida, institue légat du Saint-Siège dans la province de Braga le premier archevêque de Compostelle, Diego Gelmirez, et réduit à lui obéir les évêques de Coïmbre, de Lucena et de Mondoñedo; en 1124, il lui soumet aussi le siège de Salamanque[6]. Ce n'est pas

1. Pour suivre le développement du pèlerinage, voyez surtout les *Acta sanctorum* des Bollandistes, t. VI de juillet, p. 335.

2. Mort en 1109. Voyez les *Acta sanctorum* des Bollandistes, t. III de mai, p. 166.

3. Mort en 1097. Voyez les *Acta sanctorum Bolland.*, t. II de janvier, p. 1057; les *Acta sanctorum ord. Bened.* (1701), t. VI, p. 895, et l'*España sagrada*, t. XXVII, p. 169.

4. Dans l'*Historia Compostellana*, au t. XX de l'*España sagrada* de Florez.

5. Voir l'*Historia Compostellana*, p. 23.

6. On trouvera ces actes dans l'*Historia Compostellana* et dans le *Bullaire du pape Calixte II (1119-1124), essai de restitution*, par Ulysse Robert, 1891, t. I, p. 217-9, p. 331-2, p. 354, etc. Cf., sur l'histoire de Santiago à cette époque, Pius Bonifacius Gams, *Die Kirchenge-*

assez, au gré du nouvel archevêque. Il faut lire, dans l'*His-*
toria Compostellana, qui est le panégyrique de Diego Gelmirez composé par trois clercs de son église, le détail de ses
énergiques entreprises pour exalter saint Jacques plus encore,
ad sublimandum sanctum Jacobum[1]. « Puisque Rome,
disait-il, avait un pape et Jérusalem un patriarche, n'était-ce
pas faire injure à saint Jacques, proche parent du Seigneur,
que de laisser son église en un état de dépendance ? » Ce qu'il
revendique pour elle, ce n'est rien moins que la primatie de
l'Espagne. En attendant, il domine comme un roi sur le
pays. C'est de ses mains qu'Alphonse VII vient recevoir,
devant l'autel de saint Jacques, ses armes de chevalier. Il
élève à son apôtre une basilique splendide[2]. Il lutte à armes
égales, tantôt contre l'archevêque de Tolède, et tantôt contre
la reine Urraque, et tantôt contre la reine Thérèse de Portu-
gal. Des galères équipées à ses frais donnent la chasse aux
Musulmans. Par la force de l'argent, il soutient à Rome les
revendications les plus ambitieuses, et Rome semble obscu-
rément redouter Compostelle comme une rivale[3]. *Didacus*
episcopus, caput Hispaniae, ainsi le qualifie l'*Historia*
Compostellana. Qui lui donne sa puissance ? Qui lui donne
ses galères et ses troupes, et les trésors de sa basilique, tant

---

schichte Spaniens, t. II (1874), p. 361 et suiv.; Dozy, *ouvr. cité*, t. I,
(1881), p. 398-407; Ulysse Robert, *Histoire du pape Calixte II*, Paris,
1891, notamment p. 183.

1. Diego Gelmirez, fils d'un noble galicien, avait gouverné l'église de
Compostelle, dès 1093, en qualité de vicaire de l'évêque Dalmace, auquel
il succéda en 1100. Il vivait encore en 1139, date où s'arrête l'*Historia*
Compostellana.

2. Du moins, il en achève la construction. Pour les dates, voyez *Le*
Codex de saint Jacques de Compostelle (Liber de miraculis), éd.
Fita, p. 59.

3. *Historia Compostellana*, p. 257 : « Verebatur siquidem Romana
ecclesia ne Compostellana ecclesia, tanto subnixa apostolo, adeptis juribus
ecclesiasticae dignitatis, assumeret sibi apicem et privilegium honoris in
occidentalibus ecclesiis, et sicut Romana praeerat ecclesia et dominabatur
ceteris ecclesiis propter apostolum, sic et Compostellana ecclesia praecesset
et dominaretur ecclesiis propter apostolum suum. Quod Romana ecclesia
et tunc nimium verebatur, et usque hodie veretur et praecavet in futu-
rum. »

d'orgueil et tant de gloire ? Le pèlerin qui chemine sur les
routes, courbé sur son bourdon.

« La ville de Schant Yacoub, dit un chroniqueur arabe[1],
est pour les chrétiens ce qu'est pour nous la Kaaba; on y
vient des contrées de Rome, et même de plus loin. » On y
venait surtout de France. *Camino francés*, c'est le nom qui
désigne encore, en plusieurs régions de l'Espagne, les ves-
tiges de l'ancienne route de saint Jacques, et la porte par où
elle entrait dans la ville sainte s'appelait *Porta francigena*,
s'appelle encore *Puerta de Francos*[2]. Le pèlerinage de Compostelle fut surtout une grande œuvre française. Quels en
furent les ouvriers? Comment surent-ils obtenir que l'apôtre
lointain, le Galicien, et, si l'on peut dire, l'étranger devînt
familier et cher aux gens de France à l'égal de leur saint
Julien de Brioude ou de leur saint Martin de Tours et de
leurs plus vieux patrons nationaux? Le grand flot de pèlerins qui depuis des siècles roulait de la France vers Rome
et vers Jérusalem, comment réussirent-ils à le diviser, à en
dériver un si fort courant vers le sanctuaire nouveau? A
l'époque même des croisades, alors que tous les regards,
semble-t-il, devaient être tournés vers la Terre sainte, comment parvinrent-ils à maintenir, à accroître même la gloire
du tombeau galicien? Il faut, on le pressent, qu'ils aient su,
par une propagande multiple, travailler les cœurs. Quels
furent leurs moyens d'action? Un livre nous l'apprendra,
composé pour le bien du pèlerinage, au temps de sa plus
grande vogue.

Examen du Livre de saint Jacques, *recueil des principaux instruments de propagande en faveur du pèlerinage.*

A sa première page se lisent ces vers :

> Ex re signatur, Jacobus liber iste vocatur;
> Ipsum scribenti sit gloria sitque legenti,

1. Cité par J.-V. Le Clerc, dans l'*Histoire littéraire de la France*,
t. XXI, p. 287.
2. *Le Codex de saint Jacques*, éd. Fita, p. 45.

et nous le désignerons donc sous ce titre : le *Livre de saint Jacques*[1].

C'est un recueil des principaux monuments du culte de l'apôtre. On en possède plusieurs exemplaires. Mais le plus complet et le plus ancien est un beau manuscrit sur parchemin, écrit après 1139[2], avant 1173[3], et conservé depuis cette époque aux archives du chapitre de Compostelle. On l'appelle le *Codex Calixtinus*[4]. C'est de lui que nous nous servirons pour analyser le *Livre de saint Jacques*[5].

Le *Livre de saint Jacques* comprend cinq opuscules :

Livre I. — Le premier est une anthologie de pièces litur-

1. Il se peut que dans ce vers le mot *Jacobus* ne désigne que le seul livre I du recueil. Mais nous avons besoin d'un titre, fût-il arbitrairement choisi, que nous puissions appliquer à tout le recueil. Les érudits modernes ont pris coutume de l'appeler *Codex Calixtinus*, titre qui serait excellent s'ils ne l'employaient pas pour désigner tantôt l'ouvrage lui-même et tantôt un certain exemplaire de l'ouvrage, conservé à Compostelle. Pour éviter ce double emploi, nous réserverons à l'exemplaire de Compostelle le nom de *Codex Calixtinus* et nous intitulerons l'ouvrage lui-même : *Le Livre de saint Jacques*.

2. Voyez la page suivante, n. 1.

3. Voyez la page 27, n. 1.

4. Le *Codex Calixtinus* a été souvent décrit. On en a publié plusieurs éditions partielles, qui seront indiquées aux notes suivantes. Il serait très désirable qu'on l'imprimât enfin en son entier. Une édition annoncée il y a treize ans par M. Victor Friedel n'a point paru. La meilleure description qu'on en ait est celle qu'en a faite le P. Guido Maria Dreves, dans la préface du t. XVII de ses *Analecta hymnica medii aevi (Hymnodia Hiberica, Liturgische Reimofficien aus spanischen Brevieren; im Anhange : Carmina Compostellana)*, Leipzig, 1894.

5. Voici une liste des principaux travaux sur le *Livre de saint Jacques :* une étude des Bollandistes dans leurs *Acta sanctorum*, t. VI de juillet, p. 40 et suiv. ; — un article de J.-V. Le Clerc au t. XXI, p. 271, de l'*Histoire littéraire de la France* (cf. t. X, p. 352); — les travaux déjà cités de G. Paris et ceux de Dozy; — Léopold Delisle, *Note sur le recueil intitulé « De miraculis sancti Jacobi »*, dans le *Cabinet historique*, t. XXIV, 1878, p. 1; — F. Fita, *Recuerdos de un viaje a Santiago de Galicia*, Madrid, 1880; — Ulysse Robert, *Histoire du pape Calixte II*, Paris, 1891, p. 205 et suiv.; — V. Friedel, *Études Compostellanes*, au tome I des *Otia Merseiana, the publication of the arts faculty of University College*, Liverpool, 1899. — M. V. Friedel a bien voulu nous communiquer une copie des quarante-trois premiers feuillets du *Codex Calixtinus*. Nous connaissons le reste, plus ou moins incomplètement, par les publications désignées dans les notes qui suivent. Nous avons aussi lu de près l'un des dérivés du *Codex Calixtinus*, le manuscrit 13.775 du fonds latin de la Bibliothèque nationale.

giques en l'honneur de l'apôtre. On y trouve des extraits de saint Augustin, de saint Ambroise, de saint Jérôme, de Bède le Vénérable, etc.; mais surtout, auprès de ces documents anciens, des pièces récentes, celles qui servaient au xɪɪᵉ siècle au culte de saint Jacques : des panégyriques et des sermons, des offices, des hymnes. C'est le plus long des cinq livres; il forme à lui seul les deux tiers de l'ouvrage [1].

Livre II ou *Livre des Miracles.* — Vingt-deux miracles de l'apôtre y sont recueillis, les uns donnés comme très anciens et connus par des traditions ou des témoignages antiques, mais la plupart comme récents et presque contemporains : ce sont des bienfaits dispensés par l'apôtre à ses dévots du xɪɪᵉ siècle [2].

Livre III ou *Livre de la Translation.* — On y raconte comment il prêcha l'Évangile en Espagne, son martyre à Jérusalem, l'histoire merveilleuse de la barque qui aborde à Iria, aux rivages de Galice, et comment ses sept disciples transportèrent son corps à quelques milles dans l'intérieur des terres, aux lieux où devait plus tard s'élever Compostelle [3].

1. Il occupe dans le *Codex Calixtinus* les fᵒˢ 1-139 b. Il n'a pas encore été publié en son entier. Plusieurs des sermons « ont été imprimés à Cologne en 1618 et, depuis, on les a insérés dans la *Bibliothèque des Pères*, imprimée à Lyon, t. XX, p. 1278-1293. » (Ulysse Robert, *Histoire de Calixte II*, p. 213.) Nous nous sommes servi pour étudier ces sermons de la copie de M. V. Friedel (voyez la note précédente) et de l'édition de Migne, *Patrologia latina*, t. CLXIII, col. 1377 et suiv. — Les offices et les hymnes ont été publiés par le P. Dreves, *ouvr. cité*.

2. Le *Livre des Miracles* occupe dans le *Codex Calixtinus* les fᵒˢ 140-155 b. Les Bollandistes l'ont publié dans leurs *Acta sanctorum*, t. VI de juillet, p. 47-59, édition reproduite par Migne, *Patrologia latina*, t. CLXIII, col. 1369-1376. (Voyez en outre Potthast, à l'article *Miracula sancti Jacobi apostoli.*) Quant aux dates, l'un de ces miracles est censé avoir été opéré « temporibus beati Theodomiri », c'est-à-dire à une époque très reculée ; d'autres ont eu lieu en 1080, 1100, 1101, 1102, 1103, 1104, 1105, 1106, 1107, 1108, 1110, 1135; d'autres sont datés seulement par ces mots : *nuper*, ou *nostro tempore*. Un miracle est daté de 1139; mais il a été ajouté après l'achèvement du livre II; il ne se trouve pas dans le corps du manuscrit, mais à la fin.

3. Dans le *Codex Calixtinus*, du fᵒ 156 au fᵒ 162 b. La Translation a été publiée par les Bollandistes, d'après un manuscrit du xɪɪᵉ siècle, dans le *Catalogus codicum hagiographicorum bibliothecae regis Bruxellensis*, Bruxelles, t. I, 1886, p. 66-69. M. P. Meyer l'a réimprimée en

Livre IV. — C'est la Chronique de Turpin[1].

Livre V. — C'est un Guide des pèlerins, qui donne, à la façon d'un Guide Joanne, des indications utiles aux pieux voyageurs : le tracé des routes, le compte des étapes, des conseils pratiques pour parer aux dangers du voyage, des détails pittoresques sur les régions traversées (par exemple un petit vocabulaire basque), la liste des rivières dont l'eau est saine, la description des plus belles églises, Saint-Gilles et Compostelle, etc. Il donne surtout l'indication des sanctuaires auxquels il convient de s'arrêter, des reliques qu'on y vénère, des souvenirs qui s'y attachent[2].

La Chronique de Turpin nous apparaît donc ici encadrée entre une Translation de saint Jacques et un Guide des pèlerins de saint Jacques ; aussitôt certaines de ses particularités les plus singulières s'expliquent. Par exemple, il apparaissait bien, quand on la lisait isolément, qu'elle avait pour objet, sinon unique du moins principal, de propager le culte de saint Jacques ; mais chacun s'étonnait aussi de son insuffisance comme instrument de propagande. Qui ne connaîtrait saint Jacques que par elle ne saurait à peu près rien de la vie de l'apôtre, de ses actes. Si la Chronique veut attirer des pèlerins vers le tombeau galicien, pourquoi est-elle si sobre de renseignements sur ce tombeau ? Elle nomme El Padron[3], sans dire seulement ce que c'est. Elle célèbre l'église de

partie, d'après le manuscrit 13.775 de la Bibl. nationale, dans la *Romania*, t. XXXI (1902), pp. 257-261.

1. Au commencement du xviie siècle, les chanoines de Compostelle (à la suggestion d'Ambrosio Morales, dit-on) ont jugé que la Chronique de Turpin était apocryphe et, comme telle, indigne de rester dans le *Codex Calixtinus*. Ils ont donc séparé de leur précieux manuscrit les vingt-neuf ouillets où elle est écrite, et les ont fait relier à part.

2. Le *Guide des pèlerins* a été publié sous ce titre : *Le Codex de saint Jacques de Compostelle (Liber de miraculis sancti Jacobi), Livre IV,* publié pour la première fois en entier par le P. F. Fita, avec le concours de Julien Vinson, Paris, 1882. Ce titre est fâcheux. Les éditeurs ont appliqué à tort à l'ensemble du *Livre de saint Jacques* le titre de *Liber de miraculis sancti Jacobi,* qui ne convient qu'au livre II ; et, trompés par le fait que la Chronique de Turpin (livre IV) a été reliée à part (voyez la note précédente), ils ont appelé à tort *Livre IV* le Guide des pèlerins, qui est en réalité le Livre V et dernier.

3. Éd. Castets, p. 4.

Compostelle, sans dire seulement comment cette église possède le corps de l'apôtre, quels miracles il y fait, quelles
grâces on gagne à la visiter, par quelles routes on y accède.
Mais le lecteur du *Livre de saint Jacques* n'aurait garde
de demander à la Chronique de tels renseignements : il vient
de les trouver dans les pages qui la précèdent, ou il les trouvera dans les pages qui la suivent.

Ainsi elle ne perd point, semble-t-il, à être insérée dans ce
livre. Serait-ce que peut-être elle n'en fut dès l'origine qu'un
chapitre? Réservant la question, examinons de plus près le
Livre de saint Jacques.

C'est une œuvre à la fois grossière et puissante.

Grossièreté du Livre de saint Jacques. *Son esprit de
réclame; les fictions imaginées pour lui donner l'autorité d'un livre sacré.*

Elle est grossière d'abord, par l'indiscrétion naïve de ses
boniments. Par exemple, l'un des prédicateurs du livre I
compare saint Jacques aux plus illustres médecins, Hippo-
crate et Dioscoride, Galien, Macer, Vindicianus et Serenus,
et voici de quels accents, dignes du *Dit de l'Erberie*, il célèbre
son pouvoir de guérisseur :

« Non enim aliquibus medicamentis, vel electuariis, vel confec-
cionibus, vel siropis, vel diversis emplastris, vel pocionibus, vel
solucionibus, vel vomitibus, vel ceteris medicorum antidotis, sed
sola Dei gratia sibi a Deo impetrata multos languidos, videlicet
leprosos, freneticos, nefreticos, maniosos, scabiosos, paraliticos,
arteticos, scotomaticos, flegmaticos, colericos, energumenos, de-
vios, tremulosos, cephalargicos, emigranicos, podagricos, stran-
guriosos, dissuriosos, febricitantes, calculosos, epaticos, fistulosos,
tisicos, disentericos, a serpentibus laesos, hictericos, lunaticos,
stomaticos, epiforosos, albuginosos, multisque morbis dolorosos
integre clementissimus apostolus restituit [1]. »

1. Sermon sur la passion de saint Jacques, au fᵒ 48 du *Codex Calixtinus.*
(Voyez Migne, *Patrologia latina*, t. CLXIII, col. 1397.)

Grossier par cet esprit de réclame, le *Livre de saint Jacques* l'est encore par la hardiesse puérile de certaines de ses inventions, qui prétendent à lui assurer l'autorité d'un livre sacré. En effet, le *Livre de saint Jacques*, parlant ici [1] de la mort de Louis le Gros en 1137, là [2] d'un miracle opéré par l'apôtre en 1139, se donne honnêtement pour ce qu'il est, pour une compilation faite en 1140 au plus tôt. Mais il convenait d'autoriser des documents recueillis ainsi de la veille. Quand c'étaient des extraits de Pères de l'Église ou de docteurs, de saint Jérôme ou de Fortunat, à la bonne heure : ces textes s'imposaient d'eux-mêmes au respect. Par malheur, ni les Pères, ni Fortunat, n'ont jamais rien dit du tombeau de Compostelle, et pour cause. Les détails de la passion de l'apôtre sous Hérode, de quelle source le *Livre de saint Jacques* les tirait-il ? et le récit de la barque merveilleuse ? et l'histoire des sept disciples ? et les merveilles du temps de Charlemagne ? Les miracles, quels en étaient les garants ? Tous ces récits se présentaient comme anonymes, ces documents étaient sans date. Pour les accréditer, les auteurs du *Livre de saint Jacques* ont imaginé un système très compliqué, très naïf, d'authentifications, amusantes à force de complication et de naïveté.

Le Livre se donne comme une édition revue, corrigée et complétée, d'un recueil plus ancien, dont le premier auteur serait un écrivain bien digne d'inspirer confiance à chacun, Calixte, le pape Calixte II lui même. Pourquoi Calixte II ? Il avait été lié d'amitié avec le premier archevêque de Compostelle, Diego Gelmirez; c'est lui, on se le rappelle, qui, devenu pape en 1119, avait élevé la cité de l'apôtre à la dignité de métropole; c'en fut assez pour que bien après sa mort — il mourut en 1124 — les vrais auteurs du *Livre de saint Jacques* l'aient choisi pour le présenter comme l'auteur responsable de leurs élucubrations. Ils feignirent qu'en sa jeunesse Calixte avait parcouru la terre à seule fin de collectionner

---

1. Dans le *Guide*, éd. Fita, p. 59-60.
2. A l'une des dernières pages du *Codex Calixtinus*.

des documents sur l'apôtre. Le *Livre de saint Jacques* s'ouvre en effet par cette lettre, première pièce de la série d'inventions dont il nous faut décrire l'ingénieux mécanisme :

« *Incipit epistola beati Calixti papae*[1].

« *Calixtus episcopus, servus servorum Dei, sanctissimo conventui Cluniacensis basilicae, sedis apostolicae suae electionis, heroibusque famosissimis, Guillermo, patriarchae Hierosolymitano, et Didaco Compostellanensi archiepiscopo, cunctisque orthodoxis, salutem et apostolicam benedictionem in Christo.*

« Quand j'étais étudiant, leur dit-il[2], comme j'avais aimé l'apôtre dès mon enfance, j'employai quatorze années à parcourir les terres et les provinces barbares, et tous les documents sur lui que je pouvais trouver, fussent-ils écrits sur de viles matières, je les transcrivais avec soin, en vue de les réunir un jour en un seul volume... O merveilleuse fortune! Des brigands m'ont pris et m'ont dépouillé de tout mon avoir, mais ils m'ont laissé mon manuscrit. J'ai été jeté dans un cachot, et j'ai tout perdu, sauf mon manuscrit. Il m'est arrivé souvent de tomber au plus profond des eaux (*in pelagis multarum aquarum crebro cecidi*) et j'ai failli y périr; mais de ces naufrages j'ai retiré intact mon manuscrit. Une maison où j'étais a brûlé, et tous mes biens avec elle; mais les flammes n'ont pas touché mon manuscrit. » Ce n'est rien encore. Deux fois, en des visions qu'il raconte, Jésus-Christ lui-même lui est apparu, escorté de saint Jacques, et l'a encouragé à poursuivre l'achèvement de son manuscrit. Le voilà donc achevé, et il l'envoie au saint couvent de Cluny, à Guillaume, patriarche de Jérusalem, à Diego, archevêque de Compostelle, pour qu'ils le corrigent au besoin. Et quiconque aura osé dire du mal de son Livre, qu'il soit anathème avec Arius et Sabellius!

« *Valete omnes in Domino. Data Laterani I Idus januarii.* »

Grâce à cette fiction, qui circule de la première à la dernière page du *Livre de saint Jacques*, les pièces qui le composent ne sont pas simplement mises bout à bout comme les

---

1. Au fº 1 du *Codex Calixtinus*. On trouvera le texte (incomplet) dans la *Patrologia latina*, t. laud. Un meilleur texte dans le *Bullaire du pape Calixte II*, éd. Ulysse Robert, t. II, p. 257.
2. Ce qui suit est tantôt une traduction, tantôt un résumé.

morceaux d'une anthologie. Le pape Calixte se charge de les relier entre elles. Il a recueilli des écrits d'autrui : des offices et des hymnes (livre I), des miracles (livre II), le récit de 'a translation (livre III), la Chronique de Turpin (livre IV); mais, à ce fonds primitif, il a joint des écrits qu'il donne comme de son propre cru : çà et là des remarques explicatives, des intitulés de chapitres; quatre sermons de lui au livre I; au livre II, des miracles dont il fut lui-même le témoin; au livre III, une petite préface et des notes additionnelles; au livre IV, un chapitre pour raconter la mort de Turpin et pour instituer une fête commémorative de Roncevaux; et quant au livre V, qui est le *Guide des Pèlerins*, il s'en donne lui-même comme le premier auteur, en cette brève et naïve préface : « *Argumentum beati Calixti papae. Si veritas a perito lectore nostris voluminibus requiratur, in hujus codicis serie, amputato haesitationis scrupulo, secure intelligatur. Quae enim in eo scribuntur, multi, adhuc viventes, vera esse testantur*[1]. »

Les renseignements géographiques que donne le *Guide*, en effet, et que chacun pouvait contrôler, n'avaient guère besoin de garants. Pour la Chronique, Turpin couvrait Calixte, comme Calixte couvrait Turpin. Mais les autres documents? Ne se rencontrerait-il pas des sceptiques qui, au risque d'être frappés d'anathème comme Arius et Sabellius, en contesteraient l'authenticité? Le pape Calixte, même escorté de l'archevêque Turpin, ne pouvait suffire à tout.

Pour autoriser le récit de la translation, on invoqua donc un autre garant encore : un pape Léon, qui entre en scène pour écrire cette bulle :

Incipit epistola beati Leonis papae de translatione s. Jacobi apostoli, quae III Kl. Januarii celebratur.

Noscat Fraternitas Vestra, dilectissimi rectores totius christianitatis, qualiter ab Hyspania integrum corpus beatissimi Jacobi apostoli territorio Galetie translatum est. Post ascensionem nostri Salvatoris ad celos. ., etc[2].

1. Éd. Fita et Vinson, p. 2.
2. Voir le texte complet dans Fita, *Recuerdos de un viaje a Santiago,*

Donc un prétendu Turpin certifie authentique la Chronique ; un prétendu Léon certifie authentique la Translation : un prétendu Calixte certifie authentiques les certificats du prétendu Turpin et du prétendu Calixte.

On n'est pas encore au bout. Le pape Calixte II, premier rhapsode de la compilation, c'est la fiction principale, mais non la seule. Il a envoyé son ouvrage, on se le rappelle, pour être corrigé au besoin, aux moines de Cluny, à Diego de Compostelle, à Guillaume, patriarche de Jérusalem. Ceux-ci, par une fiction greffée sur l'autre, sont censés l'avoir revisée en effet[1] et complétée. Une fois Calixte mort (en 1124), ils ont ajouté des miracles plus récents, des suppléments au *Guide*, des hymnes nouvelles, attribuées celles-ci au patriarche de Jérusalem lui-même, celles-ci à Aubri, archevêque de Bourges[2], ou à Aymeri Picaud, prêtre de Parthenay-le-Vieux, près Poitiers, etc., tous personnages du XIIᵉ siècle. C'est ainsi que, dans le *Guide des Pèlerins*, on trouve certains chapitres signés *Calixtus papa*, d'autres signés *Aymericus* ou *Aymericus cancellarius*[3] ; tantôt c'est Calixte qui est censé écrire, tantôt un rédacteur plus récent.

Depuis la mort de Calixte, d'autres sont donc intervenus pour mettre le livre « au courant ». Ne faut-il pas qu'à leur tour ces additions récentes soient munies d'un certificat qui les autorise ? Qui le donnera ? C'est le pape Innocent II (1130-1143), qui authentifie l'ensemble du *Livre de saint Jacques* par cette lettre, aussi superbement apocryphe que les précédentes[4] :

---

p. 120, ou dans l'*España sagrada* de Florez, t. III, appendice 9. On possède deux versions plus anciennes de la lettre du prétendu Léon. Mᵍʳ Duchesne les a publiées et commentées dans les *Annales du Midi*, t. XII. p. 166-173.

1. Cela est indiqué à maintes reprises, ne serait-ce que par les intitulés des chapitres, tels que celui-ci : « *Incipit officium festivum sancti Jacobi, a beato Calixto dispositum.* » (Dreves, *ouvr. cité*, p. 6). Calixte, étant qualifié *beatus*, est donc donné comme mort.

2. Mort en 1152 (voyez Dreves, p. 208).

3. C'est sans doute le même personnage, réel ou fictif, qui souscrit la bulle du pape Innocent II donnée ci-après.

4. Cette lettre a été souvent publiée ; M. Castets, par exemple, l'a imprimée en appendice à son édition de la Chronique de Turpin (p. 66).

*Innocentius episcopus, servus servorum Dei, universis Eccle-
siae filiis, salutem et apostolicam benedictionem in Christo.*

*Hunc codicem, a domino papa Calixto prius editum, quem
Pictavensis Aimericus Picaudus de Partiniaco veteri, qui
etiam Oliverus de Yscani, villa sanctae Mariae Magdalenae de
Viziliaco, dicitur, et Girberga Flandrensis, socia ejus, pro ani-
marum suarum redemptione sancto Jacobo Galecianensi dede-
runt, verbis veracissimum, actione pulcherrimum, ab heretica
et apocripha pravitate alienum et inter ecclesiasticos codices
autenticum et carum fore auctoritas nostra testificatur, excom-
municans et anathematisans auctoritate Dei Patris omnipoten-
tis, et Filii et Spiritus Sancti illos qui ejus latores in itinere
sancti Jacobi forte inquietaverint, vel qui ab ejusdem apostoli
basilica postquam ibi oblatus fuerit, injuste illud abstulerint
vel fraudaverint. Amen, amen, amen. Valete.*

*Ego Albericus legatus, praesul Hostiensis, ad decus sancti
Jacobi cujus servus sum, hunc codicem legalem et carissimum
et per omnia laudabilem fore praedico.*

*Ego, Aimericus cancellarius, hunc librum autenticum et
veracem fore ad honorem sancti Jacobi manu mea scribendo
affirmo.*

*Ego Girardus de Sancta Cruce cardinalis hunc codicem pre-
ciosum ad decus sancti Jacobi penna mea scribendo corroboro.*

Ego, Guido..., etc. [1]

---

1. Le P. Dreves (*ouvr. cité*, p. 11) a montré que, si « les indices de
fausseté surabondent dans cette lettre », on y trouve du moins, parmi les
signataires, des cardinaux authentiques, notamment Gregorius [Papares-
chi], neveu d'Innocent II, qui n'apparaît dans les documents qu'en 1138.
La fausse bulle est donc postérieure à 1138. Il est possible d'ailleurs
(voyez Dreves, pp. 13-14) qu'elle ait été ajoutée à une date relativement
récente, pour authentifier le seul *Codex Calixtinus*. — On est tenté de pen-
ser que l'on n'aurait pas osé abuser du nom d'Innocent II de son vivant
et par suite que le *Codex Calixtinus* est de date plus récente que 1143.
Mais il serait imprudent de se fier à un tel raisonnement pour dater
notre manuscrit. En effet, plusieurs hymnes du recueil (voyez Dreves,
ouvr. cité, p. 192, p. 193, etc.) sont attribuées à Guillaume, patriarche de
Jérusalem, qui est aussi l'un des destinataires de la lettre du prétendu
Calixte. Or, Guillaume Ier, patriarche de Jérusalem de 1139 à 1145, ne
mourut que le 27 septembre 1185. Nous savons, d'autre part, que le
Codex Calixtinus était déjà écrit et déposé à Compostelle en 1173 au
plus tard, date où un moine de l'abbaye de Ripoll l'y a vu et en a pris
copie. On a donc abusé du nom de ce patriarche de son vivant même ;
dès lors, pourquoi pas aussi du nom du pape Innocent ?

Si je me suis bien fait entendre, le *Livre de saint Jacques* nous est donné comme un recueil d'anciens écrits authentiques, dus à Bède, saint Augustin, Turpin, etc.; le pape Calixte les aurait rassemblés le premier et enrichis de ses propres gloses; après la mort de Calixte, des reviseurs et notamment Aymeri Picaud sont censés avoir complété son ouvrage.

Ou, en d'autres termes, un pseudo-Léon authentique la Translation. Un pseudo-Turpin authentique l'Histoire de Charlemagne. Un pseudo-Calixte authentique la bulle du pseudo-Léon et la Chronique du pseudo-Turpin. Un pseudo-Innocent authentique le recueil du pseudo-Calixte et authentique, par surcroît, les additions des derniers rédacteurs de l'ouvrage, notamment celles d'Aymeri Picaud, qui est peut-être, à son tour, un pseudo-Aymeri Picaud[1].

Importance du Livre de saint Jacques. *Son origine française et probablement clunisienne.*

Par l'esprit de réclame qui l'anime et par son caractère de supercherie, le *Livre de saint Jacques* est donc une œuvre grossière et nous l'avons assez marqué. Il est temps d'en marquer maintenant la puissance, et nous osons dire la grandeur.

D'abord, si l'on cherche à reconnaître derrière tant d'auteurs supposés les auteurs vrais, voici ce qu'on trouve. Tels critiques, Léopold Delisle par exemple, remarquant que plusieurs des hymnes sont attribuées au Poitevin Aymeri Picaud et qu'une passion de saint Eutrope, vénéré en Poitou, tient une place disproportionnée dans le *Guide*, ont voulu faire un sort à Aymeri Picaud, qui semble bien, en effet, avoir mis la dernière main à l'ouvrage, et ont attribué au *Livre de saint Jacques* « une origine principalement poitevine ». Tels autres critiques, Ulysse Robert par exemple[2],

---

1. Ce personnage est inconnu par ailleurs, et c'est son obscurité qui le défend contre l'hypothèse qu'il ne serait qu'un personnage fictif (voyez Dreves, *ouvr. cité*, p. 13-14).

2. *Vie du pape Calixte II*, p. 212.

remarquant que plusieurs des miracles de l'apôtre sont localisés dans le Lyonnais et les deux Bourgognes, ont voulu
donner au Poitevin Aymeri Picaud un collaborateur bourguignon. Mais, comme on le voit assez, c'est la reprise du procédé par lequel on s'efforçait tout à l'heure de déterminer
l'origine de la chronique du faux Turpin : certains traits, de
provenance compostellane, prouvaient, disait-on, que l'auteur
était un clerc de Compostelle ; et certains autres qu'il avait
eu un collaborateur, moine à Vienne ; et certains autres qu'il
avait eu un autre collaborateur, moine à Saint-Denis. Et l'on
avait raison de former ces hypothèses, sous la réserve qu'il
aurait fallu en allonger la liste. Le *Livre de saint Jacques* est
déjà d'origine bourguignonne, poitevine, galicienne, vien-
noise, saint-dionysienne ; mais, faisant une grande place à
Saint-Romain de Blaye, ne serait-il pas aussi d'origine san-
tonne ? faisant une grande place à Saint-Gilles de Provence, ne
serait-il pas aussi d'origine provençale ? En effet, il est tout
cela à la fois, et la multiplicité même de ces hypothèses et le
bien-fondé de chacune d'elles indique la solution vraie du
problème. C'est que le *Livre de saint Jacques* n'est pas une
œuvre individuelle et arbitraire, mais concertée. Il peut
bien n'avoir eu qu'un seul rédacteur, qu'il nous est loisible
d'appeler Aymeri Picaud, si nous le voulons, ou de tout
autre nom. Mais ce rédacteur a voulu servir vingt églises,
toutes intéressées à la gloire de Compostelle. La vérité, elle
est dite en cette phrase, qui se lit à la première page du
Codex Calixtinus :

« *Hunc codicem prius Ecclesia Romana diligenter suscepit.
Scribitur enim in compluribus locis, in Roma scilicet, in Hie-
rosolimitanis oris, in Gallia, in Theutonica, in Frisia, et prae-
cipue apud Cluniacum*[1]. »

Oui, l'Église romaine a bien accueilli ce livre, et il fut
compilé en divers lieux[2], mais principalement à Cluny.

1. Il semble que ce soit la leçon du *Codex Calixtinus* (voyez Friedel,
art. cité, p. 82) ; d'autres manuscrits portent : *Hunc codicem fieri Ecclesia*, etc.
2. Les lieux énumérés, Rome, Jérusalem, etc., sont là pour exprimer
par avance la fiction des voyages du faux Calixte.

Cette origine clunisienne me semble du moins très probable. Les moines de Cluny, aux xie et xiie siècles. ont peuplé l'Espagne de leurs colonies. On est étonné, quand on lit l'*Historia Compostellana*, de la place qu'ils y tiennent, et quand on feuillette leur cartulaire, de la place qu'y tiennent leurs affaires d'Espagne. C'est eux qui avaient organisé au xie siècle les croisades bourguignonnes contre les Almoravides. Le prédécesseur de Diego Gelmirez avait été moine à Cluny. « Diego Gelmirez lui-même, quoique Galicien de naissance, était Français de cœur. Réformer son clergé sur le modèle de celui de France, telle fut sa préoccupation constante[1]. Pour atteindre ce but, il envoyait ses ecclésiastiques galiciens étudier en France, et notamment à Cluny[2], et s'entourait de clercs français[3]. » C'est l'abbé de Cluny qui, en 1095, avait sollicité auprès d'Urbain II le *pallium* pour l'évêque de Compostelle[4]; c'est à la prière de l'abbé de Cluny, *supplicante... Pontio, Cluniacensi abbate*, que Calixte II, en 1120, avait conféré à Compostelle la dignité de métropole[5], et ce n'est pas sans raison que la coquille de saint Jacques orna le blason des abbés de Cluny. Quant au *Livre de saint Jacques*, c'est à Cluny, on l'a vu, que le prétendu Calixte l'adresse en premier lieu, *sanctissimo conventui Cluniacensis ecclesiae*, et le P. Dreves a fait cette remarque[6] que les personnages nommés comme auteurs des hymnes en l'honneur de saint Jacques sont pour la plupart des clercs français, et qui furent en relations plus ou moins étroites avec Cluny.

En tout cas, l'œuvre est française : *Nos gens gallica...*, *gens nostra gallica*, dit le *Guide des Pèlerins*[7]; *gens gallica, optima scilicet*, dit la Chronique de Turpin.

1. « Et quoniam ecclesia b. Jacobi rudis et indisciplinata erat temporibus illis, applicuit animum ut consuetudines ecclesiarum Franciae ibi plantaret. » *(Hist. Compostellana, p. 255).*
2. *Hist. Compostellana*, p. 346.
3. Dozy, *ouvr. cité*, t. II, p. 393.
4. Dozy, p. 402.
5. *Bullaire du pape Calixte II* (éd. Ulysse Robert), t. I, p. 217.
6. Dreves, *ouvr. cité*, p. 15.
7. P. 20 et p. 48.

IV.

COMPARAISON DU *LIVRE DE SAINT JACQUES* ET DE LA *CHRONIQUE DE TURPIN*.

Similitude de leurs caractères.

Clunisien probablement, et sûrement français, sorte de livre officiel lancé par les organisateurs attitrés du pèlerinage, le *Livre de saint Jacques* veut atteindre des publics divers et surprend par la variété des moyens de propagande qu'il met en œuvre. Il s'adresse, il va sans dire, aux pèlerins d'abord, à ceux qui déjà sont engagés sur la route ou décidés au voyage, mais à bien d'autres lecteurs encore. Il est fait (Calixte le dit et le répète) en partie pour être chanté à l'autel ou lu dans les églises, mais en partie aussi pour être lu par les clercs au réfectoire[1]; pour être lu au loin, dans les abbayes les plus diverses, partout où l'on espère recruter des zélateurs. Il s'agit de persuader, d'émouvoir, d'édifier, de récréer tour à tour. Pour prouver la grandeur de l'apôtre, voici ses actes depuis le jour où il fut choisi sur la mer de Galilée, voici sa passion, sa translation; et pour prouver l'étendue de ses bienfaits, voici le recueil de ses miracles, ceux du Champ de l'Étoile, accomplis aux temps lointains de l'évêque Théodemir, et les récents, ceux qu'il ne cesse de prodiguer à ses dévots; et voici les témoins de sa gloire : tant de docteurs l'ont célébré, depuis saint Augustin jusqu'à Bède, tant de poètes depuis Fortunat jusqu'à Fulbert de Chartres! et voici les chants que chantent ses pèlerins, les offices en son honneur, les proses et les « conduits », toutes les splendeurs de son culte. Ainsi, nos hagiographes se font tour à tour liturgistes, musiciens, historiens, poètes, prédicateurs.

---

1. Voici un passage, par exemple, du livre II : « Quapropter praecipimus ut codex iste inter veridicos et authenticos codices deputetur et in ecclesiis et refectoriis diebus festis ejusdem apostoli aliisque, si placet, diligenter legatur » (*Acta sanct. Boll.*, t. VI de juillet, p. 46).

Géographes aussi. Le *Livre de saint Jacques* ne célèbre pas le seul saint Jacques, et c'est ici l'un de ses caractères les plus remarquables. Il s'agit de lier à la fortune du sanctuaire galicien la fortune de vingt sanctuaires. et la méthode, oserait-on dire, de nos auteurs apparaît surtout dans leur façon de dessiner les routes vers Compostelle. Le *Guide* en décrit quatre.

La première, dit-il, vient d'Arles, passe par Saint-Gilles, Montpellier, Toulouse, et traverse les Pyrénées au Somport.

La seconde passe par Notre-Dame du Puy, Sainte-Foy de Conques, Saint-Pierre de Moissac.

La troisième par Sainte–Marie–Madeleine de Vézelay, Saint-Léonard de Limoges, Saint-Front de Périgueux.

La quatrième par Saint-Martin de Tours, Saint-Hilaire de Poitiers, Saint-Jean-d'Angély, Saint-Eutrope de Saintes et Bordeaux.

Les routes II, III et IV se réunissent à Ostabat pour franchir le col de Cize (Roncevaux) et se réunissent à la route I, à Puente la Reina, au sud de Pampelune. A partir de là, il n'y a plus qu'une route, par Burgos, Léon, Astorga, etc.[1].

Or, ces itinéraires, la nature ne les impose qu'en partie, et les étapes du moins pourraient être d'autres sanctuaires. Ces combinaisons géographiques sont calculées et intéressées. Elles tendent à capter les visiteurs des diverses églises, sans les en détourner pourtant, en les y attirant plutôt. C'est pourquoi le *Livre de saint Jacques* fait tant de place aux sanctuaires autres que celui de Compostelle. Auprès des miracles de l'apôtre localisés à Compostelle, en voici d'autres localisés à Toulouse, ou dans le Lyonnais, ou en Bourgogne. Voici, dans le *Guide*, une Passion de saint Eutrope de Saintes[2], aussi développée que celle de saint Jacques de Galice. De même les actes et la translation de saint Léonard de Limoges sont rapportés en grand détail[3]. L'église de Saint-

<hr/>

1. Éd. Fita, p. 2. Ces itinéraires sont repris et précisés dans le reste de l'ouvrage.
2. *Ibid.*, p. 36-43.
3. *Ibid.*, p. 29-31.

Gilles est décrite[1] avec presque autant de minutie que la basilique de Santiago[2]. Les titres de Sainte-Croix d'Orléans de Saint-Trophime d'Arles, de Sainte-Foy de Conques[3], sont analysés avec précision. On voit que les auteurs du *Livre de saint Jacques* ont visité ces églises, recueilli sur chacune d'elles des notes, formé des « dossiers ». De la sorte, ils les traitent en auxiliaires, non pas en rivales. Ils leur montrent qu'elles sont des buts sans doute, mais aussi des étapes, et qu'à se considérer comme telles, loin d'y perdre, elles peuvent y gagner au contraire.

Leur travail fut intéressé assurément et habile, mais non pas arbitraire. Au temps où ils écrivent, — cette remarque est à la fois évidente et essentielle, — vers 1150, les traditions et les légendes qu'ils rassemblent vivaient déjà, accréditées dès longtemps à Compostelle et sur les routes qui menaient à Compostelle. Vers 1150, la gloire de l'apôtre galicien était consacrée déjà, sa basilique achevée; les hospices bâtis pour ses pèlerins étaient bondés. Ces églises, ce ne sont pas les auteurs du *Livre de saint Jacques* qui, les premiers, les ont attachées les unes aux autres par le lien réel des routes et par le lien mystique des légendes. Ces miracles qu'ils racontent étaient déjà illustres, et localisés aux mêmes lieux. Ce récit de la translation de l'apôtre, ils l'ont trouvé déjà rédigé[4]. Ces offices, déjà on les célébrait, ces hymnes, déjà on les chantait. Leur livre est un inventaire, dressé en pleine prospérité. Recueillant les titres de l'apôtre, ils n'ont eu que faire d'en inventer de nouveaux. Ils se sont appliqués plutôt à faire un tri parmi leurs richesses, à rejeter peut-être des légendes de moins bon aloi, et par exemple, s'ils rapportent une lettre du pape Léon relative à la découverte du tombeau galicien, nous en avons deux textes plus anciens, et plus grossiers: ils l'ont récrite pour la rendre plus vraisem-

---

1. Éd. Fita, p. 22-27.
2. *Ibid.*, p. 45-61.
3. *Ibid.*, p. 32, p. 20, p. 28.
4. C'est « probablement le plus ancien document espagnol du culte galicien. » (Duchesne, *art. cité*, p. 164.)

blable [1]. Leur part d'invention n'a consisté qu'à imaginer les fictions du pseudo-Calixte et du pseudo-Innocent, c'est-à-dire le système des authentifications propres à autoriser les documents et les légendes qu'ils compilaient. Mais ces documents, ces légendes, existaient avant eux. Les instru ments de propagande qui sont les leurs avaient déjà servi.

Or, le grand fait, c'est qu'au nombre de ces instruments de propagande déjà éprouvés et consacrés par le succès, ils ont compté les chansons de geste ; c'est que, dans le *Guide*, Charlemagne, Roland et leurs romanesques compagnons tiennent autant de place que les saints évêques et confesseurs, et c'est que dans leur recueil la Chronique du faux Turpin précède immédiatement le *Guide*.

Osons considérer cette Chronique comme un simple chapitre du *Livre de saint Jacques* et constater qu'elle offre précisément les mêmes caractères que les autres chapitres. Dans la Chronique aussi, il n'y a guère rien d'inventé que la fiction qui l'attribue au faux Turpin. Ici comme dans les autres chapitres, on n'emploie guère que des légendes déjà connues et qui intéressent tantôt Compostelle, tantôt d'autres églises solidaires de Compostelle ; et comme les autres moyens de propagande, le recours aux chansons de geste avait déjà fait ses preuves.

La fiction qui a conféré à Turpin la dignité d'historiographe de Charlemagne nous surprenait naguère. Maintenant que nous connaissons Calixte, historiographe de saint Jacques, nous voyons la convenance de cette fiction et son utilité : comme Calixte couvre et protège les légendes hagiographiques, Turpin couvre et protège les chansons de geste.

Naguère, il nous était incompréhensible que le faux Turpin s'intéressât à la fois à Santiago et aux églises de Vienne, d'Aix-la-Chapelle, de Saint-Denis, d'Arles, etc., et qu'il fût si bien renseigné sur elles. Nous le comprenons désormais, sachant pourquoi le faux Calixte s'intéresse à la fois à Santiago

---

1. Duchesne, *art. cité*, pp. 167-171. Sous sa forme la plus ancienne, cette lettre est, dit Mgr Duchesne, « un faux d'une effrayante barbarie. »

et à tant d'autres églises, et comment il s'est renseigné sur
elles.

Nous nous étonnions naguère que le faux Turpin connût
les chansons de geste aussi bien qu'un jongleur de métier.
Nous en sommes maintenant moins surpris : comme le faux
Calixte a demandé aux clercs des notes sur les saints de leurs
églises, le faux Turpin a demandé aux jongleurs profession-
nels des notes sur les personnages de leurs romans.

Portée du fait que le Livre de saint Jacques *exploite les
chansons de geste. Charlemagne et les héros des chansons de geste pèlerins de saint Jacques : beauté et caractère populaire de cette conception.*

Notes d'une grande précision. Le faux Turpin connaît les
chansons de *Roland*, de *Mainet*, d'*Aspremont*, sans doute
celle d'*Auberi le Bourguignon*, plusieurs chansons, perdues
par nous, celles qui concernaient Fouré et Ferragu. Il en-
rôle, pour les mener à Compostelle et à Roncevaux, jusqu'à
des personnages qui, selon les poèmes en langue vulgaire,
n'ont jamais franchi les Pyrénées, un Aubri le Bourguignon,
un Garin le Lorrain, un Arnaud de Beaulande. Il semble
qu'il ait voulu attacher sur tous les hauberts la coquille de
saint Jacques.

Cette invention — Charlemagne premier pèlerin de saint
Jacques, les héros des chansons de geste chevaliers de saint
Jacques — est développée par le faux Turpin avec une insis-
tance singulière. Mais si elle surprend par ce caractère
d'exagération et d'outrance, elle frappe aussi par sa grandeur. L'idée est belle de grouper dans les Landes de Bordeaux les héros de toutes les gestes, appelés des quatre
coins de l'horizon poétique, de les acheminer tous, épris d'un
même désir, vers le tombeau de Galice, et de les ramener
par Roncevaux, afin que l'apôtre, à cette dernière étape de
leur pèlerinage, leur donne à tous à la fois leur récompense,
la joie d'être martyrs. L'idée est belle de ce crépuscule des

héros, qui renaissent ensemble à la lumière éternelle. L'idée
est belle de distribuer leurs dépouilles, leurs reliques, sur
les routes de Compostelle, pour qu'ils en soient les gardiens,
pour qu'ils protègent, eux les pèlerins triomphants, ceux de
l'Église souffrante : ils sont leurs modèles sur ces routes,
leurs patrons, leurs intercesseurs.

Idée récente, dit-on. Sans doute, puisque la vieille
Chanson de Roland, celle du manuscrit d'Oxford, l'ignore.
Mais idée qui procède pourtant de la vieille *Chanson de
Roland*. Charlemagne et ses pairs chevaliers de saint Jacques, c'est l'invention nouvelle; mais déjà, dans la vieille
chanson, ils étaient les chevaliers de Dieu. Ils meurent à Roncevaux au retour du pèlerinage de Galice, c'est
l'invention nouvelle; mais la donnée est ancienne, héritée,
qu'ils meurent à Roncevaux, au retour d'une croisade, et
déjà la vieille *Chanson de Roland* est, à de certains égards,
une Passion de martyrs. Et si nouvelle que puisse être par
rapport au *Roland* d'Oxford l'idée d'approprier les légendes
héroïques au pèlerinage de Compostelle, nous la trouvons
pourtant en pleine vigueur à cette haute date de 1150, et ce
ne sont pas les auteurs du *Livre de saint Jacques* qui les
premiers l'ont arbitrairement conçue.

Non plus qu'ils n'ont inventé saint Eutrope de Saintes, ils
n'ont inventé saint Roland de Blaye. Les rapports que la
Chronique de Turpin, que le *Guide* marquent entre les chansons de geste et les sanctuaires, comment croire que ces
compilateurs les auraient supposés à plaisir, au risque de
compromettre saint Jacques? D'ailleurs, s'ils les avaient
supposés, prenons garde qu'ils seraient des poètes admira-
bles. Les mêmes clercs qui ont fabriqué ces apocryphes, la
lettre ridicule de Turpin à Léoprand, et la bulle naïve de
Calixte II, et la bulle piteuse d'Innocent II, si c'était eux qui
avaient imaginé en même temps de lier les chansons de
geste aux sanctuaires et les pairs de Charlemagne aux pèlerins du xiie siècle, si c'était eux qui avaient trouvé pour les
morts de Roncevaux les tombes magnifiques de Saint-Seurin
et des Aliscamps, prenons garde qu'ils seraient les créateurs

des plus beaux mythes. Et nous, à notre tour, les critiques,
qui, de M. Jullian à M. Becker, croyons remarquer des relations entre les légendes épiques et les routes de pèlerinage,
si c'était nous qui les imaginions arbitrairement, ce ne seraient pas des chimères d'érudits, ce seraient des inventions
de poètes, et telles que les grands poètes n'en trouvent qu'à
leurs minutes sublimes. Mais il en va autrement. Ce ne furent pas aux temps anciens des clercs à des fins de réclame
grossière, ce ne sont pas de nos jours des érudits en quête
de paradoxes et de systèmes, qui auraient su inventer de
telles choses. Clercs d'autrefois, érudits d'aujourd'hui, ils
n'ont eu qu'à constater des faits, et pour les constater, qu'à
regarder sur les routes, qu'à entrer dans les églises de ces
routes. Les véritables créateurs, quels furent-ils? Non pas
tel clerc, avide de procurer à son église de faux titres ou de
fausses reliques, non pas tel jongleur désireux de rimer
un roman nouveau, mais bien maints clercs et maints jongleurs, et maints chevaliers et maints marchands, tous ceux
qui passèrent par ces routes, émus des mêmes pensées : le
peuple. Ici on touche le tuf, la création populaire. Et qui le
conteste, sinon cette seule école d'érudits qui, parlant sans
cesse d'une poésie « populaire, anonyme, spontanée, collec-
tive », en cherchent désespérément des manifestations aux
temps de Chilpéric ou de Charles Martel, mais qui la nient
quand, au xɪᵉ et au xɪɪᵉ siècles, elle agit sous leurs yeux?

Les sources de la Chronique de Turpin. Les légendes des routes.

Il me semble, en effet, certain que les légendes du *Guide*
et de la Chronique de Turpin ne sont que pour une petite
part des inventions arbitraires de clercs. A la racine, il y a
souvent d'humbles anecdotes de pèlerins. Au début de la
Chronique, saint Jacques sème dans les cieux un chemin
d'étoiles. Est-ce le faux Turpin qui a inventé cette légende,
ou le peuple? et la voie lactée ne s'appelle-t-elle pas, aujour-
d'hui encore, en bien des régions, le chemin de saint Jac-

qûes? — Voici un autre récit de Turpin [1]. A la veille d'une
bataille, comme la nuit venait, les barons de Charlemagne
enfoncèrent dans le sol, selon leur coutume, leurs lances de
frêne, et s'endormirent. Au réveil, un certain nombre d'entre
eux virent que leurs lances avaient pris racine et s'étaient
couvertes de feuilles. Ils les coupèrent au ras de la terre et
combattirent. La bataille finie, quand on releva les morts, il
se trouva que ceux-là avaient seuls reçu la grâce de mourir
de qui les lances avaient verdoyé : par ce miracle Dieu
avait voulu désigner d'avance ceux qu'il avait choisis pour
être ses martyrs. Or les racines de ces lances, restées dans
la terre, poussèrent des rejetons. La plaine, dit Turpin, se
couvrit d'un bois de frênes, que l'on voit encore sur les bords
du rio Cea, non loin du monastère de Sahagun. Est-ce là une
invention du faux Turpin, ou plutôt ne faut-il pas croire
qu'il a vu en effet ce bois, plus beau que les bois sacrés de
Dodone et de la Porte Capène, et ne faut-il pas croire que
d'autres voyageurs, sur les bords du rio Cea, l'avaient vu
avant lui [2]? — De même pour l'oratoire de Charlemagne, près
de Montjardin, où avaient péri les chevaliers dont Dieu avait
marqué les hauberts d'une croix rouge [3]. — Est-ce Turpin, le
premier, qui a imaginé la légende du lac, au fond duquel dort
une ville maudite par Charlemagne [4], et ne faut-il pas croire
que bien avant lui les pèlerins connaissaient ce lac et cette
légende? — Le *Guide* rapporte qu'au sommet des Pyrénées,
près d'une haute croix de pierre jadis dressée par Charlemagne, les pèlerins avaient coutume de planter à leur tour
chacun une petite croix de branchages, et de saluer l'apôtre
Jacques d'une première oraison : « On voit, dit-il, mille croix
en ce lieu. » Le premier qui s'y agenouilla, pensant à Charlemagne, et qui lia ainsi le souvenir du roi au souvenir de

---

1. Éd. Castets, chap. VIII, p. 11.
2. Il y en avait un autre sur les bords de la Charente, entre Saintes et
Taillebourg (éd. Castets, chapitre X, p. 15). Le *Guide des Pèlerins* connaît
aussi le bois de Sahagun (éd. Fita, p. 6 et p. 44.)
3. Éd. Castets, chap. XVI, p. 26.
4. Éd. Castets, chap. III, p. 7.

l'apôtre, celui là est le premier créateur de la Chronique de Turpin et des poèmes français qui en dérivent.

Le disant, j'ai le sentiment de démontrer l'évidence, et je sais pourtant à quelles résistances je me heurterai. Là est néanmoins le grand caractère du *Livre de saint Jacques*[1]. Il recueille les légendes des routes, et ce sont tantôt des légendes ecclésiastiques et tantôt des légendes de chansons de geste, et parfois elles se rencontrent à la même étape : Blaye est en même temps le sanctuaire de Roland et le sanctuaire de saint Romain ; les églises des Aliscamps gardent à la fois les reliques des sept plus anciens prélats des Gaules et celles des morts de Roncevaux. Routes merveilleuses, où se dressent ici, près d'Arles, au faubourg de Trinquetaille, la colonne de marbre, que rougit le sang de saint Genès[2], et là, près de Gellone, le *castelet* du vieux moine épique Guillaume. Routes vénérables, et vraiment voies sacrées, où le voyageur honore tour à tour, à Sainte-Croix d'Orléans le calice dont se servait saint Euverte quand une main mystérieuse apparut sur l'autel, imitant les gestes du célébrant[3], et plus loin, à Saint-Seurin de Bordeaux, le cor que brisa le souffle de Roland[4]. Et livre émouvant, celui qui recueille les prières des Jacobites[5], leurs cris de marche : « Outrée ! » « Susée[6] ! » (ce sont aussi les cris des croisades[7]), et qui mêle aux plus hautes traditions des églises de France les plus belles légendes des chansons de geste, et aussi les récits naïfs des miracles que l'apôtre fait pour ses humbles pèlerins : miracles de l'âne de Pampelune, du pendu de Toulouse, miracle du pèlerin mort dans les Pyrénées et de son

1. Éd. Fita, p. 15.
2. *Ibid.*, p. 21.
3. *Ibid.*, p. 32.
4. *Ibid.*, p. 43.
5. Les hymnes du livre I, les prières auxquelles le *Guide* (éd. Fita, p. 7-8) fait allusion pour les fondateurs des hospices, pour les constructeurs des routes et des ponts.
6. « *Cunctae gentes, linguae, tribus Illuc vunt clamantes* Sus eja ! Ultreja ! » (Dreves, *ouvr. cité*, p. 196 ; cf. p. 211 et p. 214.)
7. Sur les mots « outrée » et « susée », voyez G. Paris, dans la *Romania*, t. IX, p. 44.

compagnon, que saint Jacques, déguisé en chevalier, emporte
tous deux sur son destrier jusqu'à la « montjoie » de Compostelle ; et ces miracles se produisent à Saintes, au Port de
Cize, à Sahagun, à Estella[1], sur le même ruban de route et
dans le même décor que les guerres de Charlemagne contre
es Sarrasins Agoland, Fouré, Marsile. Livre dont les auteurs
sont le risible Turpin sans doute, et le risible Calixte, mais
dont les auteurs sont aussi, et bien plutôt, les hommes qui
créèrent les plus nobles légendes françaises. Livre plein de
supercherie sans doute, mais aussi de sincérité et de foi.
« La foi, dit excellemment J.-V. Le Clerc[2], donne à cet amas
d'écrits incohérents une singulière unité. C'est la foi qui
place, au bout de chaque longue route à travers tant de nations
et tant de langues différentes, le tombeau d'un saint ; à la
fin de chaque narration merveilleuse, ce refrain solennel,
que l'on n'entend point retentir sans quelque émotion : -
*A Domino actum est istud et est mirabile in oculis
nostris*[3] ».

Le faux Innocent n'avait pas donc si grand tort, quand il
osait qualifier ainsi le *Livre de saint Jacques* : « *Verbis
veracissimus*, disait-il, *inter ecclesiasticos codices authen-
cicus.* » Ces épithètes, certes, on peut les reprendre en leur
sens profond, les accepter ; et puisque ce livre recueille des
pensées, des sentiments qui émurent tant de cœurs, il est
vraiment « véridique » et « authentique » entre tous. Il ne
nous présente, dit-on, que « des faits de seconde époque ».
Soit. Il nous suffit que ces faits appartiennent à la période
de 1100 à 1150 environ, et qu'ils soient donc aussi anciens
que nos plus anciennes chansons de geste, *Roland* seul
excepté.

1. Tous les récits auxquels nous faisons ici allusion se lisent au livre II
(*Liber de miraculis*).
2. Dans l'*Histoire littéraire de la France*, t. XXI, p. 286.
3. Psalm. 117, 23.

Preuves de fait que la Chronique de Turpin n'est qu'un chapitre du Livre de saint Jacques.

« La Chronique de Turpin n'est pas, comme l'a cru G. Paris, un ouvrage complet en soi et qui se serait formé par couches successives ; il fait partie intégrante du *Livre de saint Jacques* ». Ainsi s'est exprimé bien avant nous, avec sa décision et sa netteté ordinaires, M. Ph.-Aug. Becker [1].

1. En son admirable petit livre, *Die nationale Heldendichtung* (Heidelberg, 1907), p. 45. Il ajoute que « l'auteur est Aymeri Picaud, lequel a achevé vers 1147, peut-être vers 1160 seulement, ou plus tard encore, le *Codex Calixtinus*, qui doit être considéré comme le manuscrit archétype de l'ouvrage ». Il n'a pas dit de quels indices il tire ces dates : 1147 ou 1160. L'étude du *Livre de saint Jacques* est à peine ébauchée aujourd'hui. La tâche la plus urgente serait d'imprimer le *Codex Calixtinus*. Il est très possible qu'il soit, comme l'ont supposé G. Paris, M. Becker et d'autres, le manuscrit archétype ; en tout cas, c'est à lui, semble-t-il, que remontent tous les manuscrits étudiés jusqu'à ce jour soit de la Chronique, soit du Livre des Miracles, etc. S'il était imprimé, on pourrait attendre avec plus de patience l'édition critique de la Chronique de Turpin, promise depuis longtemps (voyez la *Zeitschrift für romanische Philologie*, t. V, p. 422), par M. Gottfried Baist. Sur ces difficiles questions, une étude d'ensemble de M. Baist, à défaut de son édition, serait la bienvenue. — Quant à la date du *Livre de saint Jacques*, de récents critiques ont adopté, à tort, selon nous, une opinion de M. de Jaurgain (*La Vasconie*, t. I, 1898, p. 235), que voici. Dans le *Guide* (p. 13-14), le prétendu Calixte excommunie plusieurs seigneurs de la région pyrénéenne, coupables d'exploiter les pèlerins. Ces seigneurs sont ainsi dénommés : *Raymundus de Solis et Vivianus de Acromonte et vicecomes de Sancto Michaele... et Arnaldus de Guinia*. M. de Jaurgain les identifie à Vivian II de Gramont (de 1170 environ à 1215), à Arnaut II de Laguinge (de 1168 à 1178), à Bernard-Sanche de Cize, vicomte de Soule et seigneur de Cize (de 1170 à 1178 : ce serait le *vicecomes de Sancto Michaele*), et à « Raymond II-Guillaume de Soule, qui succéda comme vicomte de Soule à Bernard-Sanche de Cize, son neveu à la mode de Bretagne, en 1178 ». « Il ressort de l'identification de ces personnages, écrit M. de Jaurgain, que le *Codex* fut écrit entre 1170 et 1177, car, à cette dernière date, d'après Roger de Hoveden, Richard Cœur de Lion réprima les exactions dont les pèlerins étaient victimes à Sorde et au pays de Cize. » — D'abord, en supposant justes ces identifications, il faudrait resserrer les dates proposées : le *Codex* ne pourrait avoir été écrit qu'entre 1170 et 1173, puisqu'un moine de l'abbaye de Ripoll (voyez Léopold Delisle, *art. cité*) en prit copie en 1173, à Compostelle. Mais, en 1173, il n'existe pas de *Raymundus de Solis* (en 1177 non plus, d'ailleurs), puisque le vicomte de Soule s'appelle Bernard-Sanche

Mais bien avant lui, un autre critique, G. Paris, l'avait dit
déjà, en son article du tome XI de la *Romania*, et c'est à
quoi nous faisions allusion plus haut, quand nous disions
que G. Paris avait ébauché, en regard de ses deux théories
antérieures, une théorie nouvelle, selon nous plus vraie [1].
Malheureusement [2] il ne l'a proposée que sous toutes réser-
ves, en passant, et n'en a point tiré, pour l'interprétation
historique et littéraire de la chronique, les conséquences
qui en dérivent. Pourtant il l'a proposée, et c'est pour nous
une grande force. Mais est-elle vraie ? Nous l'avons supposée
telle en ce qui précède, et nous l'avons prouvée telle,
croyons-nous, mais par des raisons intuitives. A des raisons
de cet ordre, il est permis de résister. Voici donc des preuves
plus concrètes :

    1° Si l'on retranchait la Chronique de Turpin du *Livre de*

---

jusqu'en 1178. En outre, en désignant d'une part le *vicecomes de Sancto
Michaele*, d'autre part *Raymundus de Solis*, le *Guide* a évidemment
en vue non pas deux seigneurs qui régissent l'un après l'autre la même
vicomté, mais deux seigneurs qui régissent dans le même temps deux
terres différentes. Si, renonçant aux identifications de M. de Jaurgain, on
en cherche d'autres, on trouve bien dans le même temps, vers 1130-1134,
un Arnaud 1er de Laguinge (voyez de Jaurgain, *ouvr. cité*, t. II, p. 303) et
un Vivian 1er de Gramont (voyez de Jaurgain, t. II, p. 82). Mais il n'y a
pas, à ces dates, de Raymond de Soule. On est réduit, faute de mieux,
à supposer que l'auteur du *Guide*, qui imagina, bien après la mort du
pape Calixte, de lui faire lancer ces excommunications, a pu se tromper
sur les noms des anciens seigneurs de ces pays. S'il en fut ainsi, le passage est impropre à fournir un élément de datation. — Peut-être arrive-
rait-on à des résultats meilleurs en étudiant les pages 8 et 59-60 du *Guide*.

    1. Voyez la *Romania*, t. XI (1882), p. 425 : « Le *Turpin* tout entier (sauf
bien entendu la première partie) serait-il l'œuvre d'Aimeri Picaud ? [G. Paris
reconnaissait en Aimeri Picaud l'auteur du *Codex Calixtinus*]. Rien ne
s'oppose absolument à ce qu'on le fasse descendre jusque vers 1150. » Et
dans le *Post-scriptum* (p. 426) : « En lisant les détails donnés dans le
livre du P. Fita sur le manuscrit d'Aimeri Picaud et relisant ensuite le
Turpin, je me sens de plus en plus porté à en attribuer à Aimeri lui-
même la composition, au moins en partie, de la Chronique (sauf les cinq
premiers chapitres). » G. Paris donne à l'appui de cette supposition trois
remarques : il en est une (celle qui est tirée du mot *aucona*, commun à la
Chronique et au *Guide*) qui sera utilisée plus loin. En un autre article
(*Romania*, t. XI, p. 483), G. Paris répète : « La Chronique de Turpin n'a
peut-être pas été rédigée avant 1150. »

    2. Empêché par sa théorie des deux auteurs, et par ses hypothèses sur
le rôle des abbayes de Saint-André de Vienne et de Saint-Denis.

saint Jacques, on en retrancherait du même coup à peu près tous renseignements sur l'histoire de l'apôtre et de son sanctuaire depuis l'époque de sa translation jusqu'au xiie siècle. L'activité de saint Jacques subirait une longue éclipse. Qui a bâti son église? Qui a fondé l'évêché de Compostelle? Sur quels titres anciens cet évêché se fonde-t-il pour revendiquer la primatie? Seule la Chronique de Turpin répond à ces questions. Ainsi nous constations plus haut que les autres livres du recueil éclairent la Chronique ; nous constatons ici qu'en retour la Chronique complète les autres livres. De là une raison de croire que la Chronique et les autres livres ont été composés les uns pour les autres.

2° Le plus ancien manuscrit connu de la Chronique est le *Codex Calixtinus*, qui contient aussi les autres livres. Plusieurs manuscrits joignent au texte de la Chronique des morceaux plus ou moins longs des autres livres. Presque tous donnent le chapitre où le pape Calixte raconte l'invention des restes de Turpin et établit une fête commémorative de la bataille de Roncevaux. En résumé, les manuscrits anciens sont presque tous d'accord pour nous donner la Chronique de Turpin comme un chapitre ou comme un extrait du *Livre de saint Jacques*[1].

3° G. Paris[2] a remarqué que la Chronique de Turpin (p. 62) et le *Guide* emploient, au sens de *jaculum*, le même mot *aucona*, « qui ne se trouve d'ailleurs, semble-t-il, dans aucun autre texte latin du moyen âge[3] ».

---

1. Il nous semblait très absurde, quand nous lisions la Chronique isolément (voyez ci-dessus) que le faux Turpin parlât de Charles le Chauve, et encore de villes dépeuplées depuis le temps de Charlemagne *usque in hodiernum diem*, et encore d'une chanson de geste sur Ogier, qui se chante, dit-il, *usque in hodiernum diem*. Turpin ne se serait pas ainsi « coupé » par trois fois. Mais peut-être est-ce Calixte qui émaille ici de ses propres réflexions le texte qu'il transcrit. On peut supposer que dans des manuscrits plus anciens des signes particuliers avertissaient que c'étaient des gloses de Calixte. A moins que les rédacteurs de l'ouvrage n'aient estimé de tels signes superflus et compté que leurs lecteurs, habitués aux interventions fréquentes de Calixte dans les autres livres, ne se méprendraient pas ici.

2. *Romania*, t. XI, p. 426.

3. Sur quelques exemples romans de ce mot, voyez une note de Fr. Michel,

4° On peut multiplier les rapprochements de pensée et d'expression entre la Chronique et le *Guide*. Un exemple suffira :

CHRONIQUE DE TURPIN éd. Castets, p. 54.	GUIDE DES PÈLERINS éd. Fita, p. 43.
Apud Belinum sepelitur Oliverus et Gandelbodus rex Frisiae, et Ogerius rex Daciae, et Arastagnus rex Britanniae, et Garinus, dux Lotharingiae, et alii multi.	Villa quae dicitur Belinus visitanda sunt corpora sanctorum martyrum Oliveri, Galdelbodi regis Phrisiae, Otgerii regis Daciae, Arastagni regis Britanniae, Garini ducis Lotharingiae, et aliorum plurimorum.

5° Mais voici des concordances, non moins remarquables, entre la Chronique et les livres I et III du recueil.

a) Turpin raconte la mort de Roland à peu près comme Calixte, au livre I, raconte la mort de saint Jacques :

CHRONIQUE DE TURPIN éd. Castets, p. 49.	SERMON DE CALIXTE *Codex Calixtinus* f° 43. Cf. Migne, *Patrologia latina*, t. 163, col. 1402.
In hac confessione et prece beati Rotholandi martyris, anima beata de corpore egreditur, et ab angelis in perenni requie transfertur, ubi regnat et exultat sine termino, choris sanctorum martyrum dignitate meritorum conjuncta.	Postquam magnus Jacobus.., martyr invictus, Herodis gladium tolerasset, alma ejus anima... ad suum leta revertitur auctorem ; angelis plaudentibus, tandem obvia conscendit. Corpus telluri, spiritum paradisi sedibus reddidit, ubi regnat et exultat dignitate meritorum, angelorum cetibus aggregatus.

b) Le faux Turpin fait l'oraison funèbre de Roland en vingt vers élégiaques (p. 49) :

> Templorum cultor, recreans modulamine cives,
>   Vulneribus patriae fida medela fuit...
> Culmen honoratum, decus almum, lumen opimum,
>   Laudibus in cujus militet omne decus.
> Pro tantis meritis hunc ad caelestia vectum
>   Non premit urna rogi, sed tenet aula Dei.

en son édition de l'*Histoire de la guerre de Navarre en 1277, par Guillaume Anelier*, 1856, p. 367.

Il ne s'est guère mis en frais : sa pièce est un centon de Fortunat. Mais, au livre I, le faux Calixte a employé par deux fois, pour célébrer saint Jacques, le même procédé et parfois les mêmes vers :

Migne, *Patrol.*, col. 1398 :

>   Templorum cultor, recreans modulamine cives,
>   Vulneribus patriae fida medela fuit.
>   Culmen honoratum, decus almum, lumen opimum,
>   Laudibus in cujus militat omne decus...

Migne, *Patrol.*, col. 1402 :

>   Pro meritis Jacobum sic ad caelestia vectum
>   Non premit urna rogi, sed tenet urna Dei [1].

c) Une même légende, celle de l'olivier de saint Torquatus, est rapportée de façon à peu près identique dans la Chronique de Turpin et au livre III :

CHRONIQUE DE TURPIN éd. Castets, p. 6.	LIVRE III (*De translatione s. Jacobi*) *Romania*, t. XXXI, p. 257.
Accintina, in qua jacet beatus Torquatus, Christi confessor, beati Jacobi cliens, ad cujus sepulchrum arbor olivae divinitus florens maturis fructibus onustatur per unumquemque annum in solempnitate ejusdem, scilicet idus Maii.	Apud Accintinam urbem, ad sepulcrum s. Torquati, retro ecclesiam, annuatim arbor olivae divinitus florens maturis fructibus oneratur, e quibus oleum ilico elicitur, unde lampades ante ejus altare venerandum accenduntur.

Dans la mesure où il est démontrable que l'acte IV de *Britannicus* fut écrit en fonction des autres actes, il est ainsi démontré, croyons-nous, que la Chronique de Turpin, chapitre IV du *Livre de saint Jacques*, fut écrite en fonction des autres chapitres.

---

1. Comparer encore l'éloge de Roland par Charlemagne (Chronique de Turpin, p. 51) à l'éloge de saint Jacques par Calixte (Migne, col. 1397-8). Le parallèle que fait Turpin des apôtres Pierre, Jacques et Jean se retrouve dans un sermon de Calixte (Migne, col. 1385).

V.

CONCLUSION. SENS ET VALEUR QUE NOTRE INTERPRÉTATION REND A LA CHRONIQUE DE TURPIN.

Mais est-il sûr, dira-t-on, que nous connaissions la Chro nique sous sa forme première? Avant que le *Guide des pèlerins* ait été rédigé tel que nous l'avons, d'autres *libelli* analogues devaient tracer aux pèlerins leurs itiné- raires. N'est-il pas possible de même qu'il ait existé de la Chronique une version plus ancienne, perdue pour nous? Puisque les auteurs du *Livre de saint Jacques* ont re- manié et récrit la bulle du pape Léon, ne peuvent-ils pas aussi avoir récrit une plus ancienne Chronique de Turpin? — Certes, la supposition est permise ; mais, si on l'accepte, notre thèse ne pourra qu'y gagner. Plus on vieillira la Chronique de Turpin, plus notre thèse y gagnera. Vieillir la Chronique, ce sera simplement reporter vers une date plus reculée la constatation de ce fait que les organisateurs du pèlerinage de Compostelle ont trouvé naturel et légitime d'exploiter les légendes épiques pour le bien de leur entre- prise, et de traiter les chanteurs de geste en agents que l'on patronne et qui servent. Car séparer la Chronique de Turpin de la route de saint Jacques, revenir à l'idée qu'au fond de quelque monastère, tel que Saint-André de Vienne, un clerc amateur de chansons de geste l'aurait imaginée par un caprice tout individuel et tout littéraire, nul n'y songera plus, je crois. N'a t-il pas suffi de la reporter sur les chemins de saint Jacques pour que cette pauvre chose obscure, mes- quine, morte, reprît vie, sens et dignité?

Comme les autres chapitres du *Livre de saint Jacques*, elle marque un point d'arrivée, l'aboutissement de plus anciens efforts de propagande, un moment de la vie du pèlerinage. Elle témoigne qu'il s'est produit sur ces routes, par l'œuvre à la fois des clercs et des laïcs, chevaliers, pauvres pèlerins et poètes de métier, un travail continu, ample et divers, ne disons pas de pensée cléricale, mais de pensée chrétienne, de poésie, au sens le plus large et le plus cher du mot. Sans doute les clercs ont donné un coloris plus clérical aux légendes des routes. Mais ils n'ont pas voulu par un caprice arbitraire se les annexer, accaparer les chansons de geste ; ils ont voulu seulement les autoriser davantage.

C'est ainsi que les contemporains, sinon toujours les critiques modernes, ont compris la Chronique de Turpin, et c'est ce qui en explique le succès. Les clercs du xɪɪᵉ siècle, au témoignage de Guibert de Gembloux, s'en disputaient les copies pour les recopier à leur tour[1]. Aussi en avons-nous plus de cinquante manuscrits[2], et, en français ou en provençal, sept traductions du xɪɪɪᵉ siècle. Le sentiment commun des clercs, une lettre souvent citée du prieur du Vigeois[3] l'exprime bien : il connaissait, dit-il, les prouesses de Charlemagne et de Roland par les chansons de geste ; il se réjouit de pouvoir désormais, grâce à cette chronique latine, donner aux poèmes des jongleurs plus de créance. Gautier Map[4] la cite en son *De nugis curialium* et Gervais de Tilbury[5] en ses *Otia imperialia;* Philippe Mousket, Aubri de Trois-Fontaines l'exploitent largement. Les clercs la proposent

---

1. Voici la lettre de Guibert, abbé de Gembloux (antérieure à 1187); d'après Dozy (*ouvr. cité,* t. II, p. 430), qui l'a publiée le premier : « Nec solum praedicto sed et alio modo peregrinationem meam pluribus et scio et gaudeo et nunc prodesse, et in posterum profuturam. Nam ex lectione librorum quos de miraculis sancti Jacobi apostoli et de prodigiis circa corpus beati Martini... ostensis, de bellis quoque in Hispania a Karolo Magno gestis et martyrio Rollandi ducis sociorumque ejus, et ex relatu vel auditu caeterorum quae apud vos [chez les moines de Marmoutiers] commorans transcripsi, tantus admirationis affectus, tanta virtutis aemulatio nonnullis nostrorum excitatur, ut et exemplaria certatim ad transcribendum a compluribus rapiantur, et in venerationem sanctorum de quibus sermo est, et ad eorum suffragia promerenda legentium et audientium mira devotione moveantur. Auditui meo et propriae experientiae de his, ut vulgariter loquar, credo. »

2. Voyez Potthast. M. G. Baist (*Zeitschrift für romanische Philologie,* t. V, p. 422) en estime le nombre à plus de soixante.

3. Voyez Léon Gautier, *Les épopées françaises,* t. I, p. 101.

4. *Monumenta Germ. hist., Scriptores,* t. XXVII, p. 69.

5. *Ibidem,* p. 368.

aux peintres-verriers pour la décoration des églises : vitrail de Saint-Denis, vitrail de Chartres. La châsse de Charlemagne à Aix-la-Chapelle est décorée de scènes prises à Turpin, et la *Vita Caroli*, composée à Aix-la-Chapelle pour propager le culte du nouveau saint, juxtapose des chapitres tirés d'Éginhard à des chapitres tirés de Turpin.

Ainsi clercs et laïcs ont accepté d'un même cœur les fictions du *Livre de saint Jacques*. On lit chez un vieil auteur : « Es livres qui parolent des roys de France trovons escript que par la proiere monseigneur saint Jacques dona nostre Sires cest don a Charlemaine c'on parleroit de lui tant com le siecle dureroit [1]. » Il faut donner dans cette phrase toute leur valeur aux mots : « par la proiere monseigneur saint Jacques ». Nous ne dirons pas, comme ce vieil écrivain, que Charlemagne doit à saint Jacques sa gloire poétique, car saint Jacques ne fut pour rien dans la *Chanson de Roland*. Mais sans lui, si son tombeau de Galice n'avait pas existé, ni la Chronique de Turpin ne se serait produite, ni ne se serait manifestée, en tant d'églises et à tant d'étapes des routes, cette activité poétique dont la Chronique de Turpin n'est qu'un symbole imparfait et un tardif témoin.

Joseph BÉDIER.

---

1. Texte cité par G. Paris, *Histoire poétique de Charlemagne*, p. 33.

Toulouse, Imp. DOULADOURE-PRIVAT, rue St-Rome, 39. — 9571